KB267010

# 프란치스코 할아버지는 내친구

# 프란치스코 할아버지는 내 친구

지은이 **최옥정**

푸른영토주니어

오늘 우리가 만날 분은 프란치스코 교황 할아버지예요. 교황이라는 말은 좀 어렵지요? 무척 훌륭하고 높으신 분이신 건 알겠어요. 많은 사람들이 사랑하고 존경하는 분인 것도 확실해요. 어떤 때는 대통령보다 더 높으신 것 같으니까요.

가톨릭교회에서 가장 높으신 분이래요. 그 분이 우리나라에 오신다고 해요. 천주교 성당에 다니는 사람들은 물론이고 보통사람들도 다들 반가워하고 있어요.

아시아의 여러 나라 중에서 특히 우리나라는 천주교 역사에서 아주 중요하대요. 오래 전, 조선시대에 나라에서 유교를 받들었기 때문에 천주교를 금지했어요.

천주교를 믿으려면 죽음을 각오해야 했을 정도예요. 몰래 성경을 읽고 기도를 하다 들켜서 많은 사람들이 처형을 당하는 믿을 수 없는 일도 벌어졌어요. 교황 할아버지가 오시면 그때 돌아가신 분들을 위해 기도해 주실 거예요.

교황 할아버지의 이름이 프란치스코예요. 평생 가난한 사람을 위해 사셨던 성자 프란치스코처럼 살고 싶다는 마음이 담긴 이름입니다.

교황 할아버지는 가난한 사람뿐만 아니라 항상 약하고 외로운 사람들 편에 서셨어요. 어린이와 여자, 검은 피부의 사람과 아픈 사람, 범죄자까지 똑같은 마음으로 안아주시는 분이거든요.

늘 우리들 곁에서 우리를 지켜주시는 친구 같은 분이십니다. 우리가 슬픔에 빠져 있을 때 괜찮다고 위로해주십니다. 기쁠 때나 슬플 때나 사랑을 베풀어주시는 분이에요.

우리나라는 옛날부터 손님을 정중히 맞이하는 문화가 있잖아요. 그래서 오시기 전에 할아버지가 어떤 분인지 좀 더 알면 좋겠어요. 어떤 분인지 알고 만나면 더 반갑고 교황 할아버지의 말씀도 잘 이해할 것 같아서요.

여기에 있는 교황 프란체스코에 관한 이야기는 어린이를 친구로 생각하는 그분의 인생과 생각에 관한 글이에요. 어떤 생각을 하면서 어른이 되었는지, 어른이 되어서는 어떤 일들을 하셨는지에 대해 썼어요.

나는 프란치스코 할아버지가 어린이와 여자를 소중하게 생각하는 분이라서 특히 좋아해요. 사람들은 힘이 세거나 돈이 많거나 유명한 사람들한테만 관심이 있잖아요.

교황 할아버지는 가난한 사람이 행복하게 살고 웃을 수 있는 세상을 만들고 싶다고 하셨어요. 그래서 기꺼이 힘없는 사람들의 친구가 되어 주셨지요.

이 책을 읽고 여러분도 교황 할아버지의 마음을 닮기 바랍니다. 친구를 두루 사랑하고 어려운 친구를 도와주는 거지요. 가까운 곳에 있는 부모님이나 동생한테도 조금 더 다정한 사람이 되어주면 더욱 좋겠지요? 그럼 이제부터 프란치스코 할아버지를 만나러 가요!

작가의 말 • 5

미사 연단으로 올라온 꼬마 손님 ⋯15

아주 특별한 교황 취임식 ⋯20

소년원생들의 발을 씻겨주시다 ⋯23

미소로 사랑을 전하다 ⋯26

모두가 놀란 새 교황 할아버지 ⋯28

굿 모닝! ⋯31

가난한 사람을 돕는 데 쓰세요! ⋯36

음악과 춤을 사랑한 소년 ⋯39

교황 할아버지의 고향, 부에노스아이레스 ⋯42

교황 할아버지의 첫사랑, 아말리아 다몬테 ⋯45

몸이 약해 병에 걸리다 ⋯47

사제가 되라는 하느님의 목소리를 듣다 ··· 50

세상의 구석구석을 경험하다 ··· 53

별난 신부님 ··· 55

거리의 교황 ··· 58

실천하는 가난 ··· 60

가난한 사람들과 늘 함께 하다 ··· 63

아시시의 프란치스코 성인은 누구일까요? ··· 66

사람보다 돈을 섬기는 세상 ··· 69

사람이 귀한 세상, 자신을 위해 일하세요 ··· 73

내가 가진 작은 것을 나눠주십시오! ··· 76

두려워하지 마십시오! ··· 79

다른 종교를 믿는 사람도 끌어안다 ··· 82

감사하는 마음에서 사랑이 싹틉니다 ··· 85

이웃을 사랑해야 하느님을 사랑할 수 있습니다 …88

몸이 불편한 사람에게도 희망을! …91

무관심을 버려야 해요 …94

네 이웃은 어디 있느냐? …98

남을 위해 기도하는 손이 가장 아름다워요 …102

복음의 기쁨을 전파하는 사람 …104

교황 할아버지가 자주 하는 말 …107

아무도 돌보지 않는 사람을 끌어안다 …111

넘어져도 다시 일어나 계속 걸어가세요! …114

버스 타고 다니는 교황 할아버지 …117

유머가 넘치는 분 …122

새해 결심 열 가지 …125

일하는 기쁨 …129

어떤 경우에도 희망을 잃지 마세요! ⋯133

젊은이들에게 보내는 충고 ⋯136

독서와 산책을 좋아하는 교황 할아버지 ⋯139

"나는 여러분과 똑같은 평범한 사람일 뿐입니다" ⋯142

교황 할아버지는 이런 점이 달라요! ⋯145

교황 할아버지, 올해의 베스트 드레서로 뽑히다 ⋯147

타임지 '올해의 인물' ⋯150

한국은 일반 신도 스스로 천주교를 받아들인 나라 ⋯152

왜 꽃동네를 방문할까요? ⋯155

# 프란치스코 할아버지는 내 친구

# 미사 연단으로 올라온 꼬마 손님

2013년 10월 27일 교황청에서는 가정의 날 축하행사를 마련했습니다. 교황 할아버지는 베드로 광장에서 열린 '대가족 순례' 미사에서 강론을 하셨습니다.

사람들은 교황 할아버지를 직접 만나고 싶어 베드로 광장으로 구름처럼 몰려들었습니다. 여기저기서 교황 할아버지를 반기는 환영의 목소리가 들려왔어요.

교황 할아버지의 사진을 손에 들고 흔드는 사람들도 있었습니다. 교황 할아버지가 무릎을 꿇고 한 여자의 발을 씻어주는 감명 깊은 사진이었어요.

　또 어떤 사람은 교황 할아버지가 에이즈 환자의 발을 씻겨주는 사진을 들고 흔들었습니다. 교황 할아버지는 예수님이 우리에게 했던 말을 전하며 평화를 기원해주었습니다.

　"우리는 모두 약한 존재입니다. 그래서 다른 사람을 용서하고 사랑해야만 함께 살아갈 수 있습니다."

이 말씀을 하신 이유는 인생에는 혼자 힘으로 해결하기 힘든 일이 많기 때문입니다. 그 중에서도 사랑을 충분히 받지 못하는 것이 제일 고통스럽습니다.

교황 할아버지는 어려움을 이겨내려면 가족끼리 사이좋고 행복하게 살아야 한다고 말씀하셨습니다. 사람들은 고개를 끄덕이며 그 말씀을 가슴 깊이 담아두었습니다.

그때 엉뚱한 일이 벌어졌어요. 한 소년이 교황 할아버지가 서 계신 연단으로 올라갔어요. 아이는 동그랗고 큰 눈을 껌벅이며 할아버지를 올려다보았습니다. 그러더니 교황 할아버지의 다리를 붙잡고 빙글빙글 돌며 이리저리 왔다 갔다 하는 거예요.

교황 할아버지는 별로 놀라지 않으셨어요. 웃음이 가득한 얼굴로 아이를 바라보며 머리를 쓰다듬었습니다.

아이는 더욱 신이 나서 얼굴에 자랑스러운 미소까지 띠었어요. 곧이어 손을 뻗어서 교황 할아버지의 십자가 목걸이를 만지작거렸습니다. 목걸이를 손에 쥐고 입으로 가져다가 천천히 입을 맞추었어요.

그곳에 있던 다른 신도 몇 명이 교황 할아버지에게 인사를 하기 위해 단상으로 올라갔습니다. 아이는 교황 할아버지 가까이 다가가려는 사람들을 못 가게 가로막았어요.

한 남자가 교황 할아버지와 악수를 하려고 하자 손을 떼어내며 심술을 부렸어요. 아주 질투심이 많은 아이였습니다. 사람들은 놀라고 긴장했어요. 미사는 엄숙하고 경건해야 하는 자리니까요. 또 무슨 일이 일어날까 걱정하는 표정으로 아이와 교황 할아버지를 지켜보았습니다.

아이는 다른 사람들이 뭐라고 하든 상관하지 않고 할아버지 곁에 머물렀습니다. 교황 할아버지는 가족의 중요성에 대해 강론을 계속하셨습니다.

가족은 긴 시간 함께 살아야하기 때문에 믿음을 지키려면 상대방의 차이점을 인정해야만 한다고 하셨습니다. 잘못한 일은 곧바로 용서해야하고요. 교황 할아버지는 그러기 위해 세 가지 말이 필요하다고 가르쳐 주셨습니다.

"제가 이걸 해도 될까요?"

"고마워요."

"미안해요."

이 말을 자주 해서 고마움을 전하고 미안함을 표현하는 거지요. 그래야 서로의 마음에 사랑이 싹트고 이해하는 마음도 생깁니다. 사람들은 그 말씀을 잊지 않으려는 듯 눈을 반짝였습니다. 눈길은 아이에게서 떨어지지 않았지만 귀로는 강론을 열심히 들었어요.

그 광경을 지켜보던 경호원 아저씨가 아이에게 사탕을 주면서 달랬습니다. 좋아하는 사탕을 받았으니 이제 그만 제자리로 돌아가라는 뜻이었습니다.

　아이는 사탕만 받아서 챙기고 자기 자리로는 돌아가지 않았어요. 지금 아이한테 가장 중요한 일은 자기가 사랑하는 교황 할아버지 곁을 지키는 것입니다. 물론 사탕도 좋아하지만요.

　경호원 아저씨도 더 이상 소란을 피울 수 없어서 아이를 그냥 놔두었습니다. 아이는 강론 시간 동안 꼼짝도 하지 않고 그 자리가 마치 자기 자리인 양 앉아 있었습니다. 할아버지가 무엇을 하든 자기가 할 일은 그 자리를 지키는 거라고 생각하는 것 같았어요.

　아이는 강론 시간 내내 교황 할아버지의 의자에 앉아서 할아버지 말씀을 들었답니다. 아이의 표정은 당당하고 거침없었어요. 분명히 속으로는 이런 생각을 하고 있었을 거예요.

　'교황 할아버지는 내 친구야! 이제 모두들 교황 할아버지와 제일 친한 사람은 나라는 사실을 알았죠?'

　사람들은 그 아이의 당당함에 고개를 끄덕일 수밖에 없었습니다. 덕분에 교황 할아버지가 얼마나 사랑이 많으신 분인지 알았으니까요. 어린이를 얼마나 소중하게 생각하는지도 알게 되었고요.

　프란치스코 교황 할아버지는 외롭고 가난한 사람들의 친구, 어린이들의 친구입니다.

# 아주 특별한 교황 취임식

취임식이 뭔지 알지요? 직장에서 새 직책을 받게 됐을 때 여러 사람 앞에서 임명장을 받는 의식이에요. 오늘부터 새로운 자리에서 일하게 되었음을 인정받는 것이지요.

누구나 높은 자리에 올라가면 사람들에게 알리기 위해 취임식을 해요. 대통령도, 교장선생님도, 회사 사장님도 모두 취임식을 한 다음 그 자리에 오른 거예요.

교황 프란치스코의 취임 미사는 2013년 3월 19일 오전 9시 30분 바티칸 성 베드로 광장에서 치러졌습니다. 햇살이 가득 비치는 맑은 날이었어요. 교황 할아버지는 자신의 취임식에 아무런 조건 없이 세계 여러

나라의 정치가와 종교 지도자들을 초대했어요.

교황 할아버지의 고향인 아르헨티나의 주교들과 평신도들에게는 오지 말라고 했습니다. 멀리 이탈리아의 바티칸 궁에서 열리는 즉위 미사에 참석하려면 돈이 많이 들거든요.

비싼 여행 경비를 들여 바티칸까지 올 필요 없다고 하셨어요. 차라리 그 돈을 자선 단체에 기부하라고 당부했습니다. 그러면 그 돈이 가난한 사람들을 위해 쓰이게 될 테니까요.

취임식 때도 방탄차가 아닌 지붕이 없는 자동차를 타고 자유롭게 입장하셨습니다. 그래야 사람들과 편안하게 인사도 하고 직접 만날 수 있으니까요. 몸을 가누지 못하는 환자에게는 차에서 내려 가까이 다가가서 축복해주셨습니다.

이날 바티칸의 성 베드로 광장에는 프란치스코 교황의 취임 미사를 보기 위해 백만 명이 넘는 인파가 모였습니다. 교황의 출신국인 아르헨티나를 비롯해 브라질과 멕시코, 다른 라틴아메리카 국가들의 국기를 흔드는 사람도 많았어요.

교황의 취임식은 전 세계 사람들에게 방송되었어요. 오늘부터 할아버지한테 교황의 자격이 주어진다는 것을 온 세상에 선언한 거예요.

이탈리아의 바티칸 궁 앞 광장에는 전 세계에서 온 수많은 사람들이 자기 나라의 국기를 흔들며 기쁨의 아우성을 쳤습니다. 교황 할아버지는 차에서 내려 사람들의 손을 잡거나 포옹을 하면서 연단 쪽으로 걸어 갔습니다.

교황 할아버지를 향해 손을 흔드는 아이들을 안아 주고 이마에 입을 맞추었습니다. 한 아이가 할아버지의 모자를 벗겼습니다. 할아버지는 웃으면서 아이의 머리를 어루만졌습니다. 움직이지 못하는 뇌성마비 어린이를 품에 끌어안아주기도 했습니다.

모든 사람이 축하해주고 가장 기쁜 날인 취임식 날도 교황 할아버지는 어린이에게 제일 먼저 축복을 주셨습니다. 아이들은 약해서 스스로를 지킬 수 없기 때문에 누군가 계속 보살펴주어야 한다고 하셨어요. 정말 교황 할아버지는 어린이들의 친한 친구였습니다.

# 소년원생들의 발을 씻겨주시다

교황 할아버지는 열흘 뒤인 3월 28일에 '성 목요일'을 맞았어요. 원래 이 날은 교황이 남자 신도 열두 명의 발을 씻겨주는 의식인 세족식을 치르는 날입니다.

세족식은 교황이 사제들의 발을 씻겨주는 의식을 말해요. 가장 높은 자리에 있는 어른인 교황의 손으로 아랫사람의 발을 씻겨주는 건 특별한 뜻을 담고 있어요.

손과 발이 맞닿으면서 서로를 더 사랑하고 존경하게 되거든요. 그런데 프란체스코 교황 할아버지는 사제님 대신 다른 사람의 발을 씻겨주셨어요. 누굴까요? 놀라지 마세요.

교황 할아버지는 여태까지의 세족식 관행을 깨고 로마의 한 소년원을 방문하셨어요. 소년원이 어떤 곳인지 잘 모를 거예요. 소년은 말 그대로 아직 어른이 되지 않은 어린 남자아이입니다. 소년원은 그 소년들이 잘못을 저질렀을 때 가는 감옥 같은 곳이에요. 가두어두기만 하는 감옥이 아니라 교육과 보살핌을 베풀어주는 곳입니다.

그렇지만 사랑하는 가족과 친구랑 떨어져서 살아야 하는 외로움을 견디어야만 하지요. 사랑이 많은 교황 할아버지는 철조망 너머에서 누구의 사랑도 관심도 받지 못하는 그 소년들을 생각하신 거예요. 외롭게 살고 있는 소년원 사람들의 발을 씻겨주고 싶으셨던 것이지요.

그 사람들 중에는 무슬림 한 명, 그리스정교회 신도 두 명도 포함되어 있었습니다. 무슬림은 이슬람교를 믿는 사람입니다. 교황 할아버지가 사람을 사랑할 때는 종교가 다르다는 것이 아무 문제가 되지 않았습니다.

흑인과 소녀 두 명도 있었어요. 교황 할아버지는 소년원생 열두 명 모두의 발을 씻겨주고 축복을 내려주었습니다. 교황이 여자의 발을 씻겨준 것은 이번이 처음이라고 합니다.

신분, 종교, 인종과 상관없이 다 하느님의 자녀라는 마음을 전하고 싶으셨던 거예요. 사회적 약자의 대변자 역할을 솔선수범해서 실천하셨습니다.

교황 할아버지는 찬 바닥에 무릎을 꿇고서 발을 정성스레 씻겨줍니다.

흰 수건으로 발의 물기를 닦은 다음 입을 맞추었습니다. 흰 발, 검은 발, 문신이 있는 발 모두 똑같이 교황 할아버지의 손길로 깨끗해졌습니다.

그 모습을 지켜본 사람들은 알 수 있었습니다. 교황 할아버지가 씻겨준 것은 발뿐이 아니라는 것을요. 죄를 지었지만 아직 어린 소년소녀들의 마음까지도 깨끗이 씻겨준 것입니다.

소년원 사람들은 그 순간 어떤 생각을 했을까요? 감격의 눈물을 흘린 사람도 있었습니다. 평생 동안 교황 할아버지가 씻겨준 자신의 발을 소중하게 간직할 거라고 믿습니다.

교황 할아버지가 외로웠던 소년원 사람들의 발을 씻겨주는 장면은 보는 사람의 마음까지 따뜻하게 해주었습니다. 자기 발을 씻겨준 것도 아닌데 가슴이 두근거렸습니다.

그뿐만이 아니에요. 사람들은 신비로운 경험을 했습니다. 얼굴이 환해지고 가슴 깊은 곳에서부터 기쁨이 차올랐어요. 교황 할아버지의 사랑과 손길이 자신에게도 전달되는 것 같았으니까요. 참 아름다운 광경이지요?

# 미소로 사랑을 전하다

입술을 양쪽으로 늘이며 스마일 인형처럼 웃는 교황 할아버지 사진을 보셨을 거예요. 그 웃음은 바로 우리들에게 전하는 할아버지의 사랑이에요.

교황 할아버지는 어린이나 청소년들이 셀카를 찍고 싶다고 하면 기꺼이 모델이 되어 주셨어요. 어디를 가든 어린이에게 둘러싸여 사진도 찍고 얘기도 나누었습니다.

어떤 어린이가 스마트폰으로 자신과 교황 할아버지가 나란히 서 있는 모습을 찍은 사진이 신문에 실렸어요. 교황 할아버지의 표정은 어린이와 똑같았어요. 마냥 신나서 활짝 웃으며 카메라를 쳐다보았어요.

웃음은 이 세상 모든 사람이 알아들을 수 있는 언어입니다. 누구든지 웃음소리를 들으면 기분이 좋아집니다. 상대에게 웃어준다는 것은 나는 너의 친구야, 라는 뜻이거든요.

우리는 어떨 때 웃지요? 행복할 때, 사랑하고 사랑받을 때, 기쁜 일이 있을 때 웃습니다. 성적을 잘 받았을 때나 친구에게 기분 좋은 말이나 칭찬을 들었을 때도 웃고요. 엄마한테 갖고 싶었던 장난감을 선물 받았을 때도 웃어요.

웃음은 나는 지금 아주 행복합니다, 라는 말을 표정으로 전하는 거예요. 그렇다면 교황 할아버지는 무엇 때문에 행복해졌을까요?

성적을 잘 받은 것도 아니고 멋진 선물을 받지도 않았는데 교황 할아버지는 왜 항상 웃음을 짓고 계실까요?

그 이유는 할아버지의 가슴 속에 항상 사랑이 가득하기 때문입니다. 그 사랑이 밖으로 나와서 얼굴에 미소를 만드는 거예요.

교황 할아버지의 미소를 볼 때마다 사람들은 속으로 생각합니다.

'참 사랑이 많은 분이시구나. 그래서 얼굴에 종기가 난 사람에게도 입을 맞출 수 있구나.'

우리가 교황 할아버지를 좋아하고 따르면 우리의 마음속에도 그분을 닮은 사랑이 자라날 거예요. 그러면 우리도 그 사랑을 또 다른 사람에게 나누어줄 수 있겠지요?

# 모두가 놀란 새 교황 할아버지

여기서 프란치스코 할아버지가 어떻게 새 교황님이 되셨는지 잠깐 살펴보기로 해요. 프란치스코 할아버지는 교황이 될 거라고 모두가 예측하던 분이 아니었어요. 뽑힌 것도 놀랍고 그 다음에 보여주신 행동은 더 놀라웠습니다.

'과연 어떤 분이 새 교황님이 되실까?'

이탈리아와 전 세계 사람들은 귀를 쫑긋하고 눈을 크게 뜨고 그 장면을 지켜보았습니다. 성 베드로 광장에 모인 군중은 십오만 명을 넘어섰습니다. 사람들은 기도를 하고 노래를 부르며 환호했습니다.

초조하게 기다리던 군중들은 발표 장소인 로지아의 빨간 커튼이 드리

워진 중앙 창문을 조용히 바라보았습니다. 교황 선출을 알리는 흰 연기가 시스틴 성당 굴뚝에서 피어올랐습니다. 그때는 2013년 3월 13일 오후 7시 6분이었습니다.

저녁 8시 10분에 마침내 성당 문이 열렸습니다. 장 루이 타우란 추기경이 밖으로 나왔습니다. 그리고 이렇게 선포하였습니다.

"나는 큰 기쁨으로 여러분들에게 알립니다. 교황이 선출되었습니다!"

사람들은 그 기쁜 소식에 큰 소리로 환호했습니다.

"프란치스코를 새 교황 이름으로 선택하셨습니다. 거룩한 로마 교회의 지극히 위대하시고 존경하옵는 호르헤 마리오 베르고글리오 추기경이십니다."

추기경의 이름이 발표되는 순간 군중들은 어리둥절해서 서로를 쳐다보았습니다. 이 광장에서는 전혀 알려지지 않은 이름이었기 때문입니다. 호르헤 마리오 베르고글리오 추기경이 새 교황이 되리라고 예측한 사람은 거의 없었습니다.

교황 할아버지는 라틴아메리카의 아르헨티나에서 태어나신 분이셨어요. 여태까지 교황은 유럽에서만 뽑혔었습니다. 유럽이 아닌 나라에서 교황이 뽑힌 것은 천년도 더 전의 일이래요.

시간이 조금 지난 뒤 새 교황이 성 베드로 대성당 발코니에 모습을 드러냈습니다. 새 교황이 누가 될지 애타게 기다리던 사람들은 기뻐하면서도 충격을 받은 얼굴이었습니다. 겸손하고 조용하며 검소한 모습의 프란치스코 교황 할아버지의 얼굴을 본 뒤에도 군중의 놀람은 계속되었습니다. 새 교황님의 행동이 예전의 교황과는 조금 달랐기 때문입니다.

교황은 인사를 할 때 대부분 양팔을 들어 올립니다. 새 교황 할아버지는 오른손을 들어 군중들을 향해 천천히 흔들었습니다. 보통사람들이 인사할 때처럼 자연스러운 몸짓이었습니다. 모든 것이 예상을 벗어났어요.

교황 할아버지는 만찬에 참석하기 위해 추기경들과 함께 숙소인 성녀 마르타의 집으로 이동했습니다. 미리 준비한 자동차와 기사가 교황 할아버지가 타기만을 기다리며 대기하고 있었습니다.

"나는 그냥 추기경들과 함께 버스를 타고 가겠습니다."

새로 선출된 교황 할아버지가 만찬장으로 떠나면서 리무진 운전기사와 경호원에게 한 말입니다.

교황 할아버지의 새 이름 프란치스코를 꼭 기억하세요. 교황에 뽑혔을 때 공식 교황명을 프란치스코로 정했거든요. 기억하기 쉬워서 다행이에요. 원래 이름 호르헤 마리오 베르고글리오는 길어서 외우기 어려워요.

'아시시의 성자' 프란치스코는 청빈, 겸손, 소박함을 실천하신 분이셨습니다. 그 이름을 교황명으로 골랐다는 것은 가난한 사람을 위한 삶을 살았던 프란치스코를 본받겠다는 뜻입니다. 교황 할아버지는 자신의 생각을 프란치스코라는 이름으로 사람들에게 널리 알리신 거예요.

# 굿 모닝!

한 가지 중요한 사실을 빠뜨릴 뻔 했네요. 할아버지는 행동뿐만 아니라 말도 겸손하게 하시는 분입니다. 누구한테든지 인사도 먼저 건넵니다. 상대가 인사를 하면 지위에 상관없이 답례를 해주십니다.

교황으로 선출되고 난 뒤에도 바뀌지 않았습니다. 프란치스코 할아버지는 자리에서 일어서서 인사를 받았어요. 보통의 경우라면 교황 전용 의자에 앉은 채로 추기경들의 축하 인사를 받거든요.

앞으로는 바티칸 성당에서 이전에 해왔던 방식과 다르게 행동하겠다는 첫 번째 선언이기도 합니다. 말과 행동도 달랐고 행사를 치르는 과정도 프란치스코 할아버지만의 방식이 있었습니다.

또 이전 교황과는 달리 교황 전용 의상인 붉은색 모제타를 입지 않으셨어요. 성 베드로 대성전의 발코니에 교황으로서 처음 사람들 앞에 나타날 때도 흰색 수단만을 입고 계셨습니다.

프란치스코 교황 할아버지는 목걸이도 달랐습니다. 다른 교황님들처럼 순금으로 만든 가슴 십자가를 걸지 않으셨어요. 대신 부에노스아이레스 대교구장 시절부터 착용한 철제 가슴 십자가를 목에 걸고 계셨어요.

발코니에 나타난 교황 할아버지는 부드러운 목소리로 인사를 했습니다.

"보나 세라!"

'굿 모닝!'이라는 뜻의 이탈리아어 아침인사입니다. 정말 평범한 말이지요. 교황이 멋있게 꾸민 말을 할 거라고 예상했던 사람들은 속으로 생각했습니다.

'아, 이 분은 여태까지의 교황님과 많이 다른 분이구나.'

이어서 교황 할아버지는 몸 전체를 거리낌 없이 사람들에게 전부 보여주셨습니다. 기도를 바치고 나서 신자들에게 자신을 위해 기도해달라고 청했습니다. 하느님이 교황 할아버지를 축복해주시도록 말이에요. 그러면 일을 더 잘 할 수 있으니 꼭 기도해달라고 부탁했습니다.

다음날 성 마리아 대성당에서 기도를 마치고 나올 때의 일도 사람들에게 깊은 인상을 심어주었습니다. 교황 할아버지는 밖에서 환호하는 사람들 한 명 한 명에게 인사를 했습니다.

임산부에게 축복을 내리기 위해 잠시 차를 멈추기도 했습니다. 신앙을 가지지 않은 관광객들도 축복해주었습니다.

교황의 호화로운 행차를 기대했던 순례객들은 놀라면서도 기뻐했습니다. 이웃집 할아버지 같이 스스럼없는 모습이었으니까요. 바티칸으로 돌아오는 도중에 다시 한 번 차를 멈추게 했습니다. 할아버지가 묵었던

호텔 앞이었습니다.

교황 할아버지는 호텔 데스크로 걸어갔습니다. 이곳에 머물렀던 지난 이주일 동안 직원들이 보여준 친절에 대해 감사인사를 했습니다. 호텔비도 신용카드로 직접 계산했습니다.

호텔 직원들은 할아버지의 겸손한 모습에 깜짝 놀랐습니다. 교황 할아버지가 가는 곳마다 놀람의 연속입니다. 생각한 것을 바로 행동으로 옮기시는, 아이 같은 순수함 때문입니다.

교황 할아버지는 가방의 짐도 손수 챙기셨습니다. 모든 면에서 보통 사람과 똑같이 행동했습니다. 식사도 혼자 따로 하지 않고 여러 사람들과 같이 했습니다.

교황 할아버지는 교황으로 뽑혔을 때의 일을 잊지 않았습니다. 할아버지의 이름이 발표되자 후메스 추기경은 할아버지에게 포옹과 입맞춤을 했습니다. 그리고 이렇게 덧붙였습니다.

"가난한 사람들을 잊지 마십시오."

그래서 자신의 이름을 프란치스코로 결정했다고 밝혔습니다. 그 순간 머릿속은 온통 가난한 사람들로 가득 찼고, 바로 아시시의 프란치스코를 생각했고, 그 다음에는 지상의 모든 전쟁들을 생각했다고 말했습니다.

"12세기의 프란치스코 성인은 가난의 성자, 평화의 사도, 모든 생명체를 사랑하고 보호했던 분입니다. 나도 가난한 사람들을 위해 존재하는 가난한 교회를 사랑할 것입니다."

교황 할아버지는 오천 명이 넘는 신문사, 방송사 사람들과 만나는 자리에서 강조하셨습니다.

"그 당시 사람들은 사치와 교만, 허영심에 찌들어 있었습니다. 아시시의 프란치스코는 교회의 권력에 거스르는 행동을 했습니다. 바로 가난한 사람들과 함께 한 것입니다. 프란치스코 성자는 교회의 역사를 바꾸었습니다."

# 가난한 사람을 돕는 데 쓰세요!

교황 할아버지가 교황으로 당선되었다는 소식을 듣고 제일 기뻐한 사람은 아르헨티나의 친구들이겠지요. 친구들은 바티칸의 교황 취임식에 참석하고 싶어 했습니다. 열한 살이나 어린 예순여섯 살 먹은 누이동생도 오빠의 교황 취임식에 오려고 했어요.

교황 할아버지는 전화를 걸어 로마에 오지 못하게 설득했습니다. 그럴 돈이 있으면 가난한 사람들을 위해 쓰라고 하셨어요. 아르헨티나는 이탈리아와 멀리 떨어진 곳이라 비행기 표 사는 돈이 만만치 않거든요.

추기경에 임명된 신부님들께도 호화로운 파티를 하지 말라고 말씀하셨어요.

"추기경 임명은 높은 자리에 오르는 승진이 아닙니다. 축하연으로 아까운 돈을 낭비하지 마세요."

이런 내용의 편지를 새로 부임한 추기경 열아홉 명에게 보냈습니다. 늘 겸손과 절제를 몸으로 실천하라는 말씀입니다.

"추기경이라는 직위는 승진이나 명예의 상징이 아닙니다. 넓은 시야와 광활한 가슴을 요구하는 봉사의 자리라는 것을 기억하시기 바랍니다."

사제에게는 저 멀리까지 내다보고 모두에게 사랑을 전할 수 있는 능력이 필요하다고 말씀하셨습니다. 평생 겸손하게 살았던 예수의 길을 따라야만 갖출 수 있는 능력이라고도 하셨습니다.

"추기경이라는 자리를 기쁘면서도 검소하고 겸손한 마음으로 받아주세요."

교황 할아버지는 누구보다 먼저 검소한 삶을 실천하셨습니다. 교황이 머물도록 되어 있는 멋진 관저 대신 바티칸의 작은 아파트에서 다른 성직자들과 함께 지냅니다.

열두 개의 방이 있는 호화로운 관저보다 침대와 가구밖에 없는 게스트하우스가 편하다고 하셨습니다.

교황 할아버지의 몸을 보호하기 위한 장치가 돼 있는 리무진도 마다하신 분입니다. 총알이 뚫을 수 없는 방탄 리무진을 타면 가까이 다가오고 싶은 사람들을 가로막게 된다고 싫어하셨습니다. 작은 중고 승용

차를 직접 운전하거나 버스를 타고 다니십니다.

교황 할아버지는 자선단체를 돕기 위해 오토바이를 경매에 내놓았습니다. 할리데이비슨 운전자들에게 선물로 받은 값비싸고 멋진 할리데이비슨 오토바이였습니다.

수익금은 자선단체 '카리타스 로마'가 운영하는 노숙인 숙박시설을 수리하는 데 썼습니다. 그게 다가 아니에요. 로마의 기차역에 있는 무료 급식소를 돕는 데에도 보태셨습니다.

# 음악과 춤을 사랑한 소년

교황 할아버지의 가족은 이탈리아에서 아르헨티나로 이민을 온 사람들입니다. 수도인 부에노스아리에스 교외의 플로레스 지역에 자리를 잡았습니다.

고향을 떠나 다른 나라에서 살아야 하니 어려움이 많았겠지요. 아르헨티나는 스페인어를 쓰는 나라라서 말도 새로 배워야 했습니다.

교황 할아버지의 아버지는 철도노동자였습니다. 이탈리아에서는 회계사였지만 이주하면서 직업이 바뀌었습니다.

아버지의 이름은 마리오 호세 베르고글리오, 어머니의 이름은 레지나 마리아 시보리였습니다. 1936년 12월 17일 첫아기인 호르헤 마리오가 태어났습니다. 훗날 교황이 되신 분입니다. 교황 할아버지는 두 분 사이에서 태어난 다섯 남매 중 장남이었습니다.

호르헤 마리오는 당연히 이탈리어와 스페인어를 동시에 말하면서 성장하였습니다. 집안에서 부모님이 이탈리어를 사용하셔서 자연스럽게 배우게 된 것입니다.

어머니는 교회를 사랑하는 분이셨습니다. 정직하고 다른 사람을 도와주는 따뜻한 마음을 교황 할아버지에게 물려주었습니다.

호르헤 마리오는 나중에 교황이 될 거라고는 상상할 수도 없을 정도로 평범한 아이였습니다. 소년 시절에는 신체가 마비된 어머니를 대신해 요리를 하고 공장에서 청소도 했습니다. 어머니를 돕고 가족을 기쁘게 해주는 귀여운 소년이었답니다.

추기경이 된 뒤에도 달라진 건 별로 없었습니다. 혼자 시장에 가서 물건을 사고 직접 요리를 해서 먹는 걸 좋아하셨습니다. 조그만 사무실에 스파게티 봉지를 쌓아두고 방문객에게 손수 스파게티를 요리해서 대접하기도 했습니다.

호르헤 마리오는 음악과 춤을 무척 좋아하는 소년이었습니다. 어릴 때부터 호르헤가 살던 동네에는 언제나 음악이 흘러 넘쳤습니다. 사람들은 모이면 늘 춤을 추었습니다.

아르헨티나는 경쾌한 춤곡인 탱고의 나라로 잘 알려져 있습니다. 여러 영화에 나온 것처럼 탱고의 본고장입니다. 교황 할아버지는 음악을 사랑한다고 종종 말씀하셨습니다.

"나는 탱고를 정말 좋아합니다. 내 안에는 탱고의 본능이 숨어 있는 것 같습니다."

본래 아프리카 음악이었던 탱고의 역사에도 박식했습니다. 유명한 탱고 가수들의 팬이기도 합니다. 탱고뿐만 아니라 다른 음악들도 좋아했습니다.

축구도 좋아해서 오랫동안 축구클럽의 팬이었습니다. 교황이 된 뒤 축구 선수가 선물한 유니폼을 받아들고 환하게 웃을 때는 소년처럼 기뻐하는 모습이었습니다.

음악과 축구를 좋아했다는 것만 봐도 무척 활동적인 성격이었다는 걸 알 수 있지요. 어릴 때부터 사람들과 어울려 즐기며 노는 것을 좋아했습니다. 사람들과 대화를 나누며 사랑을 주고받는 일이 잘 어울리는 사람이었습니다.

# 교황 할아버지의 고향,
# 부에노스아이레스

교황 할아버지의 고향에 대해 조금 더 얘기해볼게요. 그러면 할아버지가 어떻게 지금의 그런 모습과 생각을 갖게 되었는지 이해할 수 있을 거예요.

아르헨티나는 남미에 있는 나라입니다. 남미는 단어의 뜻처럼 미국의 남쪽에 있는 대륙이에요. 다른 말로 라틴 아메리카라고도 불러요. 다른 종교보다 가톨릭을 믿는 사람이 훨씬 더 많은 지역입니다. 전 세계 가톨릭 신자의 40퍼센트가 라틴 아메리카에 살고 있을 정도니까요.

교황 할아버지는 아르헨티나의 수도인 부에노스아이레스에서 태어났습니다. 할아버지가 어린 시절을 보낸 부에노스아이레스는 '남미의 파리'라는 별명을 가지고 있습니다. 독특하고 우아한 성당이 많고, 맛있는 음식을 파는 식당도 많았습니다.

부에노스아이레스는 국제적이고 복잡하지만 매혹적인 도시입니다. 삼백만 명이 중심지에 몰려 삽니다. 풍성한 카페 문화가 형성되어 있어 사람들이 길거리 카페에서 커피를 마시며 즐거운 시간을 보냅니다.

사람이 많이 모여드는 대도시답게 화려한 상점들도 줄지어 늘어서 있었습니다. 길거리 어디에서나 라이브 탱고를 들을 수 있고 주말에는 도레고 광장에 골동품시장이 들어섭니다. 교황 할아버지는 재미있는 구경거리에 둘러싸여 어린 시절을 보냈어요.

부에노스아이레스 곳곳에 공원이 여러 개 있었습니다. 진초록 앵무새가 떠들어대며 지나가는 사람을 반깁니다. 그곳을 산책하면 마음이 평화롭습니다. 교황 할아버지는 그렇게 한가로이 보내는 시간들을 사랑했습니다.

부에노스아이레스에 이런 아름다운 모습만 있는 것은 아니었습니다. 길거리와 뒷골목에는 실업자와 가난한 사람이 넘쳐났습니다. 배고픔과 폭력에 시달리는 사람들이 널려 있고, 사람들은 돈이 없어서 아파도 병원에 갈 수 없었습니다. 아름다움과 지독한 가난이 부에노스아이레스의 두 얼굴입니다.

나중에 교황이 된 베르고글리오 신부님은 약하고 가난한 사람을 보살피는 것이 하느님의 가르침이라고 생각했습니다. 정성스럽고 신중하게 그 일을 실천해나갔습니다. 베르고글리오 신부님은 교회와 결혼했다고 말했습니다. 부에노스아이레스를 아내라고 불렀습니다.

대주교의 관저는 아름다운 저택이었지만 할아버지는 그곳에 살지 않았습니다. 대성당 주교관 2층에 있는 작은 아파트를 숙소로 택했습니다. 산 니콜라스 시내 마요고 광장 가까이에 있는 성당입니다. 이때도 베르고글리오 신부님은 요리사를 두지 않고 직접 요리하는 것을 좋아했습니다.

# 교황 할아버지의 첫사랑,<br>아말리아 다몬테

교황 할아버지의 원래 이름이 호르헤 마리오였다는 것 기억하죠? 호르헤는 열두 살에 동갑나기 소녀를 알게 되었습니다. 아말리아 다몬테라는 이름을 가진 소녀였어요. 호르헤는 아말리아만 보면 가슴이 뛰고 얼굴에 웃음이 저절로 피어올랐습니다.

두 사람은 많은 얘기를 주고받으며 우정을 쌓아갔습니다. 교황 할아버지의 지금 얼굴을 봐도 그때 어땠을지 충분히 상상이 됩니다. 얼마나 다정하고 사랑스러운 소년이었을지 짐작할 수 있지요?

아말리아와 친해지면서 호르헤는 미래에 대해 생각하는 시간이 많아졌어요. 앞으로도 언제까지나 둘이 친하게 지내고 싶었습니다. 뭐든 아말리아와 같이 해야 재미있었어요. 아말리아를 정말 좋아했기 때문에 떨어져 있고 싶지 않았습니다.

'뭐 좋은 수가 없을까?'

'그래, 우리 엄마 아빠처럼 결혼해서 같이 살면 되겠구나.'

호르헤는 어른이 되면 꼭 아말리아와 결혼하고 싶었습니다. 그래야만 사랑하는 아말리아와 평생 동안 함께 살 수 있다고 생각했으니까요. 호르헤는 그 간절한 소망을 편지에 써서 아말리아에게 보냈습니다.

안타깝게도 그 편지를 아말리아의 부모님이 보고 말았어요. 그분들은 호르헤의 편지를 보고 몹시 불쾌해했습니다. 어린애가 당돌하다고 생각했을 거예요. 더구나 호르헤의 부모가 가난한 철도노동자였으니 더욱 반갑지 않았겠지요. 그 사실을 전해들은 호르헤는 화가 나서 말했습니다.

"만약 아말리아와 결혼할 수 없다면 나는 사제가 되고 말 거야."

사제는 결혼하지 않고 교회를 위해서 일하는 신부님을 말합니다. 아말리아와 결혼하지 못하면 다른 누구와도 결혼할 수 없다는 결심이었어요. 호르헤는 아말리아를 정말 사랑했나 봐요.

첫사랑에 좌절한 소년의 반항이었지만 호르헤의 그 말은 훗날 실제로 이루어졌어요. 교황 할아버지는 그때도 지금도 진실만을 말씀하십니다. 그리고 말한 것은 꼭 지키는 사람입니다. 평범해 보였지만 호르헤는 많은 점에서 보통사람과는 다른 모습을 보여주었습니다.

# 몸이 약해 병에 걸리다

　교황 할아버지가 젊은 시절에 겪은 가장 큰 위기는 건강 문제였습니다. 몸이 약해서 고생을 많이 했습니다. 자주 아프긴 했어도 건강 때문에 미래의 계획까지 바꿔야 할 운명일 줄은 몰랐습니다.

　호르헤는 대학에 들어가 화학을 전공했습니다. 그때는 대학을 졸업하고 화학자가 될 계획이었을 겁니다. 꿈이 이루기 위해서는 공부도 중요하지만 정말 중요한 건 건강이에요. 몸이 약해서 병에 걸리면 공부를 할 힘이 없잖아요.

　아버지가 고생해서 번 돈으로 대학에 보냈기 때문에 호르헤는 공부를 열심히 했습니다. 학생한테는 공부가 일이니까 자신도 아버지처럼 열심히 일을 해야 한다고 생각했겠지요.

착실하게 공부만 하는 호르헤에게 불행한 일이 일어났어요. 스물한 살이 되던 해에 폐렴에 걸려 세 개의 낭종을 앓았습니다. 평소에 몸이 약했던 호르헤는 병이 악화되어 폐부전에 걸리고 말았습니다. 하마터면 죽을 수도 있는 심각한 병이었어요.

결국 오른쪽 폐의 일부를 잘라내는 수술 덕분에 겨우 목숨을 건질 수 있었습니다. 그 때문에 호르헤는 미사 중에 그레고리아 성가를 잘 부를 수 없었습니다. 운율에 맞추어 기도를 바치는 것도 못하게 되었어요.

수술을 받고 나서 호르헤는 다른 사람이 되었어요. 공부에 대한 의욕을 잃고 말았어요. 몸이 약해지니까 마음도 약해진 것이지요. 앞으로 무엇을 하면서 살아야 할까, 많은 고민을 하면서 시간을 보냈습니다.

부에노스아이레스 대학을 졸업한 호르헤는 진지하게 사제가 될 것을 고민했어요. 어릴 때부터 교회를 사랑하는 어머니의 영향을 많이 받았기 때문이에요.

# 사제가 되라는
# 하느님의 목소리를 듣다


열일곱 살이 된 호르헤는 고해성사를 하러 성당을 찾았습니다. 고해성사는 자신의 마음속에 있는 이야기를 신부님께 정직하게 털어놓는 거예요. 물론 잘못한 일까지 말이에요.

신부님은 고해성사 내용을 절대로 남에게 말하지 않아요. 죽을 때까지 비밀을 지키는 것이 하느님과의 약속입니다. 고해성사를 하면 사람들은 자신의 죄를 용서받았다고 생각해요. 신부님이 하느님께 기도로 그 죄를 용서해주라고 간청했을 거라고 믿습니다.

고행성사를 하는 동안 호르헤는 신기한 경험을 하였습니다. 자비로 우신 하느님이 자신을 부르는 소리를 들었어요. 호르헤는 정신을 집중

해서 하느님의 이야기에 귀를 기울였습니다.

하느님의 자비가 그의 마음을 강하게 어루만지는 것을 느꼈어요. 교회를 위해 일하는 사제가 되라는 부르심이라고 알아들었습니다. 그날의 일을 훗날 이렇게 말씀하셨습니다.

"봄을 만끽하던 열일곱 살의 어느 날, 전에는 가본 적도 없는 근처 성당에 나도 모르게 발길이 닿았습니다. 거기에 잘 모르는 신부님이 계셨습니다. 그분이 누군지도 모르면서 차례를 기다려 고해성사를 했습니다. 고해성사를 하고 난 뒤로 나는 예전의 내가 아니었습니다. 나는 완전히 다른 사람이 되었습니다."

그때 아르헨티나는 혼란스러운 상황이었습니다. 정치가 안정되지 않아서 많은 사람들이 고통을 겪을 때였습니다. 대통령이었던 페론은 국민을 살피기보다 자기가 살 길만 찾는 좋지 않은 지도자였습니다.

국민들은 자신을 불행과 혼란에서 구해줄 누군가를 원했습니다. 직장을 잃은 사람이 나날이 늘어갔습니다. 시골에서 일자리를 잃은 사람들이 일거리를 찾아 부에노스아이레스로 몰려들었습니다.

절망에 빠져 직장을 찾는 어른들 옆에는 배가 고파서 우는 아이들이 있었습니다. 힘들게 살다 보니 사람들은 서로 사랑하기보다 불평하고 미워했습니다.

아르헨티나는 가톨릭을 믿는 나라입니다. 사람들은 어려운 일이 있을 때 성모마리아와 예수님에게 의지합니다. 교회에 온 사람들 중에는 도움을 필요로 하는 사람들이 많았습니다. 교회는 교육을 잘 받아서 어려운 상황을 뚫고 나갈 지혜가 있는 사제가 필요했습니다.

호르헤는 가난한 사람들이 겪는 고통을 지켜보면서 그 사람들을 위해 살기로 마음먹었습니다. 언제나 남의 일을 자신의 일처럼 생각하는 사람이었으니까요. 호르헤는 예수회에 가입하여 신부님이 되기로 결심했습니다.

호르헤는 다른 사람들에게 관심을 기울였습니다. 늘 새로운 곳을 찾아가 사람들을 만나고 그들과 함께 시간을 보내는 것을 좋아했습니다.

새로운 것을 배우고 싶어 하는 호기심과 신부가 되려는 열정이 마침내 합쳐졌습니다. 호르헤는 소망을 실천에 옮겨 가난한 사람들을 지켜 주는 신부님이 되었습니다.

# 세상의 구석구석을 경험하다

예수회에 들어가서 신부가 되기 전에 호르헤는 여러 가지 일을 경험했습니다. 나이트클럽의 경비원과 청소 관리인 일을 하기도 했습니다. 화학 실험실의 연구원으로 근무한 적도 있었습니다.

더 오랫동안 한 일은 아이들을 가르치는 일이었습니다. 가난한 아이들에게는 자신을 바른 길로 인도할 선생님이 필요했습니다. 지금도 아이들을 사랑하는 분이시니 그때도 아이들에게 좋은 선생님이었겠지요.

지금은 어른이 된 한 학생은 새로 부임한 호르헤 마리오 베르고글리오 선생님의 모습을 다음과 같이 기억하고 있었습니다.

"군인처럼 의지가 강한 사람이라는 느낌을 받았습니다. 강하고 단단

한 기운을 풍기고 있었습니다. 명랑하고 밝은 표정이었지만, 마음속으로는 계획을 잘 짠 뒤 끈기 있게 밀어붙이는 강한 사람이었습니다.”

교사로서의 체험은 후에 성직자로 일할 때 큰 도움이 되었습니다. 다른 사람을 가르치는 일은 서로 얘기를 주고받으며 생각을 교환하는 일이기도 하니까요.

교황 할아버지는 가끔 스스로에게 질문해본다고 하셨습니다.

“만약 우리가 어려운 일에 빠졌을 때 문제를 해결할 생각은 안 하고 슬픔에 젖어 한탄만 한다면 어떻게 될까?”

그런다면 이미 죽은 사람을 실어 나르는 장례행렬처럼 의미가 없는 행동일 거라고 하셨습니다. 우리는 살아 있으니까요. 살기 위해 몸을 움직여 무엇이든 열심히 해야 하니까요. 또 이렇게도 물으셨습니다.

“모든 것을 피할 수 없는 운명으로 생각하고 포기한다면 희망이 생겨날까?”

교황 할아버지는 언제 어디서 누구를 만나도 희망을 얘기하십니다. 희망은 용기를 낳고, 용기는 과감한 실천을 낳는다고 우리의 마음을 북돋아주십니다.

# 별난 신부님

또 한 가지 널리 알려진 특별한 얘기가 있습니다. 베르고글리오 신부님의 복장과 생활에 관한 얘기입니다.

화려하게 꾸민 사제복이 아니라 단순한 검정색 사제복을 입고 지하철을 타고 다녔습니다. 운전기사를 두지 않았고 택시 타는 것을 낭비라고 생각했기 때문입니다.

전철을 탄 베르고글리오 신부님은 신문을 보거나 다른 사람들과 편안하게 대화를 나누었습니다. 원래는 대주교를 부를 때 '각하'라고 불러야 합니다. 하지만 베르고글리오 신부님은 그냥 성이 아닌 이름으로 호르헤 신부라고 친근하게 불러달라고 말했습니다.

이런 일도 있었습니다. 2004년에 부에노스아이레스의 한 나이트클럽에서 대형 화재가 발생했습니다. 죽거나 다친 사람은 대부분 청소년들이었습니다.

한밤중에 사고 소식을 들은 베르고글리오 추기경은 지체하지 않고 현장으로 달려갔습니다. 소방관과 응급구호차가 도착하기 전이었습니다.

추기경은 고통을 호소하는 생존자들을 정신없이 돌보았습니다. 보좌주교에게는 사상자 가족들을 보살피고 배려하라고 부탁했습니다.

나중에 사태가 수습된 뒤, 클럽의 안전 상태를 철저하게 조사하지 않고 허가를 내준 공무원을 엄하게 비판했습니다. 베르고글리오 신부님은 정의롭지 못한 일을 보고 가만히 참는 성격이 아니었습니다.

베르고글리오 신부님이 교황으로 선출되었을 때 이곳 사람들은 정말 기뻐했습니다. 부에노스아이레스에 사는 가난한 사람들은 빈민가의 교황이 탄생했다며 자랑스러워했습니다.

베르고글리오 신부님은 자주 빈민가의 위험지역에 나타나서 동네사람들과 함께 시간을 보냈습니다. 이곳 사람들이 즐겨 마시는 마테차에 빨대를 꽂아 서로 번갈아 마시며 대화를 나누었습니다. 큼지막한 솥에 고기와 옥수수를 넣어 만든 요리, 로끄로를 사람들과 함께 먹기도 했습니다. 한 여자가 그때 일을 회상하며 말합니다.

"질퍽거리는 진흙탕 길을 걷거나 우리 아이들과 얘기를 나누는 교황님의 모습을 아직도 생생히 기억합니다.”

베르고글리오 신부님은 추기경이 된 뒤에도 성탄절에는 가난한 사람들을 위해 직접 요리를 해서 함께 둘러앉아 먹었습니다. 누구하고든지 음식을 같이 먹으면 훨씬 친해지고 가깝다는 생각이 들기 때문입니다. 가난한 동네에 갈 때마다 고해성사를 해주고 미사를 보기도 했습니다.

베르고글리오 신부님은 미혼모와 아이들에게도 깊은 관심을 갖고 보살펴주었습니다. 아이를 유산시키지 않고 용기 있게 출산한 여자들을 위해 기도했습니다. 결혼을 하지 않은 엄마이지만 아이에게 세례를 받도록 해주었습니다.

“신부님, 믿을 수가 없습니다. 제 아이가 세례를 받고 예수님의 자녀가 되다니요. 신부님은 제가 소중한 사람이라는 것을 깨닫게 해주었습니다.”

“자매님, 이 일은 내가 한 것이 아닙니다. 예수님이 당신을 중요한 사람으로 만드신 겁니다.”

추기경이 되었을 때도 새 의례복을 맞추지 않고 전 추기경이 입던 것을 고쳐 입었습니다. 남을 위해서는 모든 것을 다 바치면서도 자신을 위해서는 작은 것도 아까워했습니다.

# 거리의 교황

교황 프란치스코 할아버지의 별명 하나가 뭔지 아세요? 거리의 교황이에요. 이유는 우리가 짐작하듯이 거리에서 보내는 시간이 많기 때문입니다. 거대한 저택과 빌딩 속의 부자들보다 거리에서 생활하는 가난한 사람들과 함께하는 시간이 더 많은 우리들의 친구니까요.

눈물을 흘리는 사람 옆에서 함께 눈물을 흘리는 분이십니다. 낮은 곳에서 힘들게 사는 사람들 옆에는 늘 교황 할아버지가 계셨어요.

한 가지 일화를 소개할게요. 교황 할아버지의 생일날 아침 누구를 초대했는지 아세요?교황청 앞에 머물던 노숙인 세 명이었어요.

더 놀라운 건 그 중 한 사람은 보통사람의 모습이 아니었어요. 얼굴

가득 수백 개의 종기가 뒤덮여 있는 환자였습니다. 아무도 그 사람의 얼굴을 똑바로 보려고 하지 않을 정도로 끔찍한 모습이었어요. 지독한 피부병 때문에 오랫동안 차별 속에서 고통 받으며 살아온 사람이에요.

교황 할아버지는 그 사람에게 다가가서 얼굴에 입을 맞추었어요. 그 순간 남자는 감격했어요. 비록 짧은 시간이지만 천국을 경험했기 때문입니다. 누군가에게 사랑을 받는다는 것, 친구로 받아들여진다는 것은 천국에 간 것만큼 행복한 일입니다.

"내가 사랑하는 교회는 사방이 꽉 막힌 곳에서 살며 안전에만 매달리는 병든 교회가 아닙니다. 길에 있는 더럽고 상처입고 망가진 사람을 품어주는 교회를 좋아합니다."

이 말이 이상하게 들릴지도 모릅니다. 왜 따뜻하고 안전한 교회가 아니라 거리로 나선 교회를 좋아할까? 믿기 어려울 겁니다. 우리는 여기서 성경에 나오는 예수님의 모습을 떠올리게 됩니다.

예수님은 언제나 아픈 사람과 약한 사람, 외로운 사람 곁에 머무셨습니다. 교황 할아버지가 거리를 헤매는 사람을 찾는 일은 이상한 일이 아닙니다. 누구보다 예수님을 닮은 분이니까요.

# 실천하는 가난

　교황으로 선출된 교황 할아버지는 성 베드로 성당 발코니에 처음 인사하러 나왔습니다. 장엄한 붉은색 옷을 두르지 않고 소박한 흰색 수단만 입고 관중들 앞에 나섰습니다. 교황 할아버지가 소박하고 검소한 분이라고 전해지던 이야기가 모두 사실이었어요.

　교황 취임 미사에서도 스스로를 '교황'이라 부르지 않고 줄곧 '로마의 주교'라고 겸손하게 소개했습니다. 교황 할아버지는 로마 교구, 라틴 교회의 수장이지 전 세계 교회의 수장이 아니라는 것을 간접적으로 알린 것입니다. 수장은 가장 높은 지위에 있는 분을 일컫는 말이에요.

　이날 교황 할아버지는 가장 가난한 사람을 보호하는 것이 로마 주교의 소명이라면서 사람을 비롯한 모든 생명체, 특히 가난한 사람들의 친구로 살아갈 것을 약속했습니다.

교황은 1992년 부에노스아이레스의 보좌주교로 임명됐을 때부터 사용하던 철제 십자가를 그대로 걸고 있었습니다. 보석으로 장식된 삼층관도 쓰지 않았습니다. 교황권의 상징인 '어부의 반지'도 진짜 금이 아니라 도금한 것입니다.

새 교황이 즉위하면 '어부의 반지'라 불리는 교황 반지를 받습니다. 공식 문서에 서명하고 찍는 도장으로 쓰기 때문에 교황의 '옥새'라고도 불립니다. 교황의 반지를 어부의 반지라고 부르는 것은 베드로와 관련이 있습니다. 예수가 어부였던 베드로를 제자로 삼을 때 했던 말씀에서 비롯되었습니다.

"내가 너를 사람 낚는 어부로 만들겠다."

베드로가 죽은 뒤 사람들이 베드로를 높여 초대 교황의 자리에 올려놓았습니다. 그 후 교황은 모두 베드로의 후계자로 여기게 된 것입니다.

금으로 만들어진 어부의 반지는 물고기를 들고 있는 베드로의 모습과 교황명이 새겨져 있습니다. 새 교황이 뽑힐 때 새로 제작해서 임기를 마칠 때까지 수많은 신도의 입맞춤을 받으며 교황의 곁을 지킵니다.

중요한 역할을 하는 반지이지만 교황 할아버지는 금반지조차 사치스럽다고 생각했습니다. 금이 아니라도 얼마든지 하느님의 사랑과 말씀을 전할 수 있다고 생각해서 금처럼 보이는 금속으로 도금한 것입니다.

교황 할아버지는 교황이 신는 붉은 신발을 신지 않으셨습니다. 대신 교황을 선출하는 콘클라베 회의에 참석하러 아르헨티나를 떠날 때 친구가 선물한 검정색 구두를 계속 신고 계셨습니다.

교황 할아버지가 바티칸 궁이 아니라 게스트하우스인 성 마르타의 집에 사시는 것도 자신을 위해서는 작은 낭비도 하지 않으시려는 뜻입니다. 근사한 리무진 대신 30년 된 르노차를 타고 다니는 것도 같은 이유예요. 교황 할아버지는 자주 탄식하셨습니다.

"신부와 수녀들이 자동차 전시관에서 기웃거리는 광경을 보면 가슴이 아픕니다. 그런 관심을 굶주리는 가난한 사람들에게 쏟아야 합니다."

교회는 예수님으로부터 겸손을 배워야 한다고 거듭 강조하셨습니다. 예수님께서는 자신은 아무것도 가지지 않고 모든 것을 나누어주었습니다. 늘 약한 사람의 편에 섰습니다.

고향인 부에노스아이레스에서부터 사람들은 교황 할아버지를 '가난한 사람들의 아버지'라고 불렀습니다. 말로만 가난을 부르짖은 게 아니라 실제생활 속에서 가난을 실천하는 모습을 보였기 때문입니다. 내가 높아지고 싶으면 먼저 남을 섬기라는 예수님 말씀 그대로 사셨습니다.

# 가난한 사람들과 늘 함께 하다

교황 할아버지가 이탈리아 출신의 이민자 아들로 태어났다는 건 알고 있죠? 어린 시절 무척 가난해서 고생을 많이 했다고 합니다. 그래서 누구보다 가난한 사람들이 겪는 어려움을 잘 알고 진심으로 이해하고 계십니다.

교황 할아버지는 스스로 소박하게 살 뿐 아니라 틈날 때마다 가난과 차별의 문제를 해결하기 위해 노력했습니다. 모든 악의 뿌리는 평등하지 않은 데서 시작된다고 말씀하셨어요.

교황 할아버지는 2013년 9월 이탈리아의 사르데냐를 방문했습니다. 그곳은 일자리가 없는 사람이 가장 많은 지역 중 하나였어요. 실업자가 많다는 것은 그만큼 가난한 동네라는 뜻입니다. 그곳 사람들에게 희망과 위로의 말씀을 전해주었습니다.

"내가 태어나기 전 우리 부모님은 모든 것을 잃으셨습니다. 일자리도 없었습니다. 그래도 희망을 잃지 않으셨습니다. 꿋꿋하게 견디면 좋은 날이 올 거라고 믿고 힘을 내십시오."

사람들은 자신의 처지를 이해해주는 프란치스코 교황에게 감사를 드렸습니다.

"내 설교가 어려움에 처한 여러분들에게 아무런 도움이 못 된다는 것을 압니다. 그렇지만 나는 꼭 용기를 내라고 말하고 싶습니다. 여러분

마음 깊은 곳에서 용기가 솟아날 수 있도록 신부로서 내가 할 수 있는 모든 일을 다 하겠습니다."

직장이 없어서 가난한 사람들에게 희망과 용기를 주는 기도를 하셨습니다.

"주여, 우리에게 일자리를 주십시오. 우리에게 일자리를 위해 싸우는 법을 가르쳐주십시오."

교황 할아버지는 가톨릭 역사상 처음으로 '프란치스코'를 교황명으로 정한 분입니다. 그 이유를 이제 알겠지요. 평생 동안 가슴속에 가난한 사람들에 대한 관심과 사랑이 있었습니다.

교황청에서 방송과 신문사 사람들을 만난 자리에서 교황명을 지은 이유를 얘기했습니다.

"교황 선출이 있는 날 내 옆에 상파울루에서 온 클라디오 후메스 추기경이 있었습니다. 그 사람은 나와 가까운 친구입니다. 그때 그 친구가 나를 포옹하며 말했습니다. '가난한 사람들을 잊지 마십시오!' 그 말이 내 가슴 속 깊이 들어왔습니다. 그리고 바로 그때 '아시시의 프란치스코'가 생각났던 겁니다."

아시시의 프란치스코는 평생 가난한 삶을 살면서 가난한 이들에게 헌신한 분입니다. '가난한 사람들의 성인'이라고 불리어 왔습니다.

# 아시시의 프란치스코 성인은
# 누구일까요?

교황 할아버지가 프란치스코라는 이름을 선택한 이유는 단순합니다. 바로 아시시의 성 프란치스코의 삶을 따르고 싶다는 마음이 그 이름에 담겨 있습니다.

프란치스코 성인은 가난의 표상이자 평화의 대변자로 신자들의 마음에 새겨져 있습니다. 새 교황이 프란치스코의 이름을 따른 것은 사회적 약자에 대한 배려와 사랑, 그리고 청빈을 실천하겠다는 결의를 드러낸 것입니다.

교황 할아버지가 프란치스코 성인의 이름을 따랐을 때 사람들은 말할 수 없이 깊고 진한 감동을 느꼈습니다. 아, 저 분은 우리의 고통을 잘 알고 계시는구나, 속으로 생각했습니다.

아시시의 프란치스코는 어떤 사람이었을까요? 짤막한 이야기 하나를 들려드릴게요.

어느 날 저녁 프란치스코의 집 문을 두드리는 사람이 있었습니다. 나가 보니 험상궂게 생긴 나병환자가 서 있었습니다. 그 남자는 몸을 떨며 간청했습니다.

"밖이 몹시 춥습니다. 잠시 방에서 몸을 녹이면 안 될까요?"

프란치스코는 그의 손을 잡고 방으로 안내했습니다. 두 사람은 같은 식탁에서 함께 저녁을 먹었습니다.

밤이 깊어지자 그 환자는 너무 춥다고 몸을 떨었습니다. 프란치스코에게 알몸으로 자기를 녹여달라고 부탁했습니다. 프란치스코는 입었던 옷을 모두 벗고 자신의 따뜻한 체온으로 나병환자를 녹여주었습니다.

이튿날 아침 프란치스코가 일어나 보니 그 환자는 온데간데없이 사라졌습니다. 뿐만 아니라 왔다간 흔적조차 없었습니다. 이게 어찌 된 일일까요? 프란치스코는 어리둥절했습니다.

얼마 후 프란치스코는 모든 것을 깨달았습니다. 나병환자는 하느님이었던 것입니다. 자신 같은 비천한 사람을 찾아주신 하느님께 감사기도를 올렸습니다.

이 기도가 바로 전 세계인이 가장 사랑하는 유명한 〈성 프란치스코

의 평화의 기도〉입니다. 한번 읽으면서 머릿속으로 그 날의 일을 그려보
세요.


주님, 저를 당신의 도구로 써주소서.

미움이 있는 곳에 사랑을,

다툼이 있는 곳에 용서를,

분열이 있는 곳에 일치를,

의혹이 있는 곳에 신앙을,

그릇됨이 있는 곳에 진리를,

절망이 있는 곳에 희망을,

어둠에 빛을,

슬픔이 있는 곳에 기쁨을

가져오는 자 되게 하소서


위로받기 보다는 위로하고

이해받기 보다는 이해하며,

사랑받기 보다는 사랑하게 하여 주소서.

# 사람보다 돈을 섬기는 세상

누구나 부자가 되고 싶어 합니다. 돈이 많으면 갖고 싶은 것을 다 가질 수 있고, 하고 싶은 것도 마음껏 할 수 있기 때문입니다. 하지만 모든 사람이 다 부자가 될 수는 없습니다.

이 세상에 돈의 양은 제한되어 있습니다. 내가 돈을 많이 가지면 다른 사람은 적게 가지는 것입니다. 내가 부자가 되었다는 것은 어딘가에 가난한 사람이 있다는 뜻입니다.

반대의 일이 일어날 수도 있습니다. 나도 어느 날 갑자기 돈을 잃고 가난해질 수 있습니다. 누구나 나쁜 일을 겪을 수 있고 불행에 빠질 수도 있습니다. 우리가 남의 불행을 내 일처럼 마음 아파해야 하는 이유입니다.

내가 잘 살고 있으면 다른 사람의 불행을 잊기 쉽습니다. 내가 돈이 많으면 다른 사람이 가난 때문에 고통 받는다는 사실을 기억하지 않습니다. 교황 할아버지는 이 점을 늘 말씀하십니다.

"불행한 사람을 기억하세요. 가난한 사람의 고통을 잊지 마세요."

부자와 가난한 사람이 함께 하지 못하는 이유를 말씀하셨습니다. 남에게 마음을 열지 않고 자신의 일에만 관심을 기울이기 때문입니다.

"우리는 얼굴에 화장을 해서 꾸민 겉으로 보이는 아름다움보다 마음속의 아름다움을 발견해야 합니다. 이 아름다움을 발견하지 못했기 때문에 옷으로 치장을 하는 것입니다."

상대방의 속마음까지 알아주는 진심 어린 사랑이 점점 사라져갑니다. 겉만 매끈하게 치장하고 마음은 사막처럼 메말라 있습니다. 다른 사람을 쳐다보지도 않습니다. 특히 나보다 못난 사람은 무시하고 업신여깁니다.

남을 존중하지 않는 마음은 미움을 만들어냅니다. 미움은 전염병처럼 멀리 멀리 퍼져나갑니다. 나중에는 더 많은 사람이 서로를 미워하게 되고 세상은 지옥으로 변합니다. 그걸 막기 위해 가난한 사람을 사랑하고 보살피라고 말씀하신 겁니다.

교황 할아버지는 남보다 먼저 나서서 모범을 보이셨습니다. 아르헨티나에서도 부에노스아이레스의 가장 가난한 동네에서 미사를 드렸습니다. 제대로 먹지를 못해서 영양실조에 걸린 아이들에게 세례를 베풀어 주었습니다.

마약중독자나 에이즈로 고통 받는 사람들의 발을 씻어주고 입을 맞추며 위로했습니다. 언제 죽을지 모르는 사람의 마음에 평화를 불러와 남은 인생을 평안하게 보내게 하기 위해서였어요. 누구나 죽음을 두려워하니까요.

프란치스코 할아버지가 교황으로 선출된 것은 약자를 존중하라는 교회의 메시지입니다. 누구보다 그 일을 잘 할 사람이 프란치스코 교황 할아버지니까요. 우리의 잘못된 생각을 꾸짖을 때는 엄한 모습을 보이십니다.

"사람들은 은행에 예금한 돈이 이익을 적게 내면 화를 내고 슬퍼합니다. 그러나 노숙자가 죽거나 아이들이 굶주리는 것에 대해서는 관심이 없습니다."

가난한 사람들이 형편없는 환경의 공장에서 일한다는 사실을 알고 화가 나셨습니다. 화장실도 더럽고, 물이나 음식도 깨끗하지 않고, 휴게실도 없었습니다. 인간이 귀하다는 것을 안다면 일터를 사람답게 생활할 수 있는 공간으로 만들어야 한다고 말씀하셨습니다.

"우리는 하느님이 아니라 금송아지를 섬기고 있습니다. 인간이 아닌 돈을 섬기고 있어요. 인간을 마치 쓰고 버리는 물건처럼 생각합니다."

이런 세상은 무서운 세상이라고 하셨습니다. 사람들이 경제 위기, 문화 위기라고 말하지만 교황할아버지는 더 심각한 것은 인간의 위기라고 안타까워하셨습니다. 인간이 인간을 존중하지 않는 것보다 더 위태로운 일은 없습니다.

"원래는 돈이 사람에게 봉사해야 하는데, 지금은 사람이 돈에게 봉사하도록 만듭니다."

가난하고 약하고 힘없는 사람을 부드러운 사랑으로 끌어안아야 이 세상이 아름다워진다고 말씀하십니다. 사람들은 낮은 곳에서 약한 사람을 섬기는 교황을 세상 끝에서 찾아낸 바티칸의 해답이라고 칭송합니다. 교황 할아버지 덕분에 사람들 마음에 사랑이 생겨나기 시작했습니다.

# 사람이 귀한 세상,
# 자신을 위해 일하세요

요즘 사회는 점점 더 경쟁이 치열해집니다. 뭐든 남보다 월등하게 잘해야만 살아남는 세상이 되었습니다. 사람들은 경쟁에서 이기기 위해 수단과 방법을 가리지 않습니다.

더 많이 일하고 더 많은 돈을 벌려고 사람들은 주일인 일요일에도 일을 합니다. 어쩌다 한번은 괜찮겠지만 계속 쉬지 않고 일하면 어떻게 될까요?

과로가 피곤을 불러오고 피곤이 쌓여서 병이 되겠지요. 가족과 친구랑 함께할 시간이 없기 때문에 마음이 즐겁지 않습니다. 인간은 매일 일만 하고 살 수는 없거든요. 즐겁게 놀고 맛있는 것도 먹으면서 행복을 누리고 싶어 하는 존재입니다.

일한 만큼 휴식이 필요합니다. 건강한 여가 생활을 즐기지 않으면 인간은 일의 노예가 됩니다. 노예는 자신의 의견과 감정은 중요하지 않고 주인의 뜻에 따라 사는 사람입니다.

스스로 가치 있는 존재가 되기 위해 일하는 것이 아니라 경쟁에 떠밀려서 일하는 노예가 되는 것이지요. 내가 왜 일을 하는지 그 목적조차 까맣게 잊고 그냥 일만 합니다. 이런 상황에서는 인간이 귀중한 존재라는 존엄성을 찾아보기 어렵습니다.

교황 할아버지가 주교직을 맡고 있는 동안 교훈처럼 새겼던 말이 바로 '자비로이 여기고 선택하라'는 것이었습니다. 그리고 측은지심을 가지라고 강조했습니다. 측은지심은 다른 사람이 어려울 때 불쌍하게 여기는 마음을 가지라는 뜻입니다.

"자 봐봐. 나는 너라는 사람 그 자체를 사랑해. 너를 선택한 거야. 내가 유일하게 바라는 건 바로 너를 사랑할 수 있게 그냥 놔두라는 거야."

교황 할아버지는 스스로에게 이 말을 하면서 모든 사람을 대한다고 하셨습니다. 그러려면 편안하고 즐거운 마음을 가져야 합니다. 내가 바쁘고 힘들면 남을 생각하는 측은지심이 생기지 않습니다.

살다 보면 한꺼번에 많은 것을 하려고 하기보다 잠시 멈추는 편이 훨씬 더 낫다고 느낄 때가 있습니다. 두 걸음 나아가기 위해 한 걸음 물러

선다는 말과 같은 뜻입니다.

월요일에 건강한 마음과 몸으로 일을 시작하기 위해서 우리는 일요일에 충분한 휴식을 취합니다. 내가 가족과 이웃과 행복한 시간을 보내기 위해 일하고 돈을 번다는 것을 잊지 않고 기억해야 합니다.

무조건 돈만 많이 벌면 다 좋은 거라고 생각하는 동안 우리의 마음과 몸은 지치고 병이 듭니다. 수업시간이 끝나면 십 분의 쉬는 시간이 있는 것도 그래서입니다. 무조건 긴 시간 동안 공부한다고 해서 다 머릿속에 들어오는 것은 아니니까요. 일시적인 효과에만 매달리지 말고 멀리 내다보면서 자신에게 유익한 일을 해야 합니다.

# 내가 가진 작은 것을 나눠주십시오!


아무리 착하게 살아도 돌아오는 것 없이 힘든 일만 생긴다면 어떻게 할까요? 나를 바보 같다고 생각해야할까요, 아니면 악하게 살아야 할까요?

우리는 자주 변덕을 부립니다. 착하다가도 금방 나쁜 마음을 먹습니다. 작은 일에도 감사할 줄 모르고 살아갑니다. 이랬다저랬다 갈팡질팡 왔다 갔다 합니다. 흔들리는 마음을 잘 다스리기 위해서 기도를 해야 합니다. 하느님의 말씀을 가슴 깊이 간직해야 합니다.

누군가에게 받은 선행과 친절을 무심코 넘겨버리지 않아야 합니다. 감사한 마음을 전해야 합니다. 고마움을 잊지 않고 산다면 그 복은 결국 자신에게 돌아갑니다.

감사합니다, 라고 내가 먼저 웃으면서 말해보세요. 상대방은 기분이 좋아집니다. 그 사람도 다른 사람에게 그 좋은 기분을 전해줄 것입니다. 서로 조금씩 남의 행복에 도움을 주는 것이지요. 처음은 별 것 아닌 일로 시작하지만 널리 퍼져나가면 많은 사람이 기쁨을 누리는 큰일이 됩니다.

선행은 큰돈을 기부하는 것만은 아닙니다. 우리 주변에는 가까운 사람에게 작은 친절을 베풀며 사랑을 실천하는 사람이 많습니다. 돈이 아니라 마음을 쓰는 것입니다. 얼굴에는 웃음이 가득합니다. 그 웃음에는 행복이 담뿍 담겨 있지요.

교황 할아버지는 남에게 작은 것부터 베풀라고 말씀하셨습니다. 큰 것을 하려고 미루다 보면 작은 것도 하지 못합니다.

"내가 할 수 있는 작은 일에서 시작하십시오. 내가 가진 작은 것을 나눠주십시오."

작은 것에서 시작하면 곧 큰 것도 할 수 있습니다. 과자 하나, 사과 한쪽을 나눠먹을 수 있어야 피자도 나눠먹고 자장면도 나눠먹습니다.

교황 할아버지는 가난한 사람과 부자들 사이의 중개 역할을 하시겠다고 나서셨습니다.

"가난한 자는 힘든 일을 하면서도 박해를 받습니다. 그런데 부자는 정의를 실천하지도 않으면서 돈이 많다는 이유로 갈채를 받습니다."

노동자들을 가혹하게 대하지 말라고 경고했습니다. 우리가 그 사람들이 만든 물건을 쓰면서 생활한다는 것을 기억하라고 했습니다. 모든 사람에게 공평하지 않은 정부의 잘못을 비판했습니다. 교황 할아버지가 또 강조한 것이 용감한 정신입니다.

"힘든 일이 생겨도 두려워하지 마세요."

우리는 자주 실수를 두려워합니다. 잘못할까 걱정합니다. 두려워하지 말고 그냥 하라고 하셨습니다. 무슨 일이든 편안한 마음으로 해야 더 잘 할 수 있습니다. 걱정에 쓸 마음을 내가 하는 일에다 써야 합니다. 긍정적인 마음으로 착하게 살면 하고자 있는 일이 더 잘 될 것입니다.

# 두려워하지 마십시오!

로마의 바티칸 교황청 성 베드로 성당에서 프란치스코 교황의 첫 크리스마스 전야 미사가 열렸습니다. 교황 할아버지는 전 세계인들에게 '사랑'과 '용서'의 메시지를 전했습니다.

"이 밤에 여러분에게 복음의 기쁨을 전합니다. 하느님은 우리를 사랑하십니다. 그래서 우리에게 당신의 아들인 예수 그리스도를 보내주셨습니다. 예수님은 우리의 어둠을 밝혀주신 분입니다."

교황 할아버지는 목소리에 더욱 힘을 주어 강조하셨습니다.

"예수님은 우리에게 되풀이해서 말씀하셨습니다. "두려워하지 말라!" 나 역시 다시 강조하고 싶습니다. 두려워하지 마십시오!"

우리는 크리스마스가 되면 축제 분위기에 휩싸입니다. 그 날은 예수님이 태어난 날입니다. 왜 하느님이 예수님을 이 땅에 보내셨을까, 그 이유를 생각해보는 날이기도 합니다.

사랑이 필요한 곳에 가장 사랑이 많은 분을 보내신 겁니다. 교황 할아버지는 우리에게 예수님과 같은 분이십니다. 우리에게 사랑이 필요해서 우리 앞에 나타나신 겁니다. 교황 할아버지는 또 이런 말씀도 해주셨습니다.

"어두운 마음이 세상을 감싸고 있습니다. 우리는 다른 사람을 향한 마음을 닫아버렸습니다. 남을 속이고 잘난 척하고 거짓말을 합니다. 마음에는 이기주의가 가득합니다. 나만을 생각하면 마음속에 있던 빛이 사라집니다. 우리는 어둠에 갇히고 맙니다. 하느님과 형제·자매를 사랑하면 밝은 빛 속에서 살 수 있습니다."

사람 마음속에는 빛과 어둠, 착한 마음과 나쁜 마음이 함께 존재합니다. 내가 착해지려고 노력하면 착한 마음이 밖으로 나오고 마음이 밝아집니다. 나쁜 생각을 하게 되면 어둠이 뒤덮습니다. 우리 마음에 따라서 마음은 환해지기도 하고 어두워지기도 합니다.

"하느님을 사랑하고 그 분의 말씀을 따르세요. 우리의 형제자매와 친구를 사랑하세요. 그러면, 우리는 빛의 길을 걷게 될 것입니다. 미움은 어둠을 불러옵니다. 어둠속에서는 눈이 멀게 됩니다. 눈이 멀면 아무리 똑똑한 사람도 바보가 됩니다."

교황 할아버지는 우리 모두 결점이 있고 불완전하고 죄도 있다고 말씀하셨습니다. 우리들의 예수님은 항상 우리의 죄를 용서해주는 분이시니 믿으라고 하셨습니다. 예수님은 우리들의 평화이자 빛입니다. 잘못된 행동을 하는 사람에게는 과감하게 야단도 치십니다.

"예수님을 통해 사랑을 전달해야 합니다. 아니면 성탄절은 파티와 쇼핑을 위한 야단법석의 축제로 끝나고 맙니다. 크리스마스 행사는 온갖 시끄러운 소리로 가득하지만 사랑의 목소리를 들으려면 침묵의 공간을 갖는 것이 좋습니다."

남들이 축제라고 신나서 돌아다닐 때 가난한 사람들은 더 슬퍼집니다. 성탄절 거리에서 빨간색 구세군 자선냄비를 걸어놓고 종을 치며 사람들의 관심을 불러 모으는 사람들을 본 적이 있지요? 그 사람들은 가난한 사람을 잊지 않았기 때문에 기도하는 마음으로 모금을 하는 것입니다.

"주님은 거대하지만 스스로 작아졌고, 부유하지만 스스로 가난해졌으며, 전능하지만 스스로 약해졌습니다."

교황 할아버지가 전해주는 이 말씀을 잊지 않고 언제나 가슴에 담아두기를 바랍니다.

# 다른 종교를 믿는 사람도 끌어안다

사람들이 교황 할아버지를 존경하는 이유가 또 있습니다. 교회에 다니는 사람만이 아니라 다른 종교를 가진 사람도 함께 끌어안아주기 때문입니다. 아무 종교도 없는 무신론자들도 너그럽게 받아들여주셨습니다. 어떤 사람이 물었습니다.

"하느님을 믿지 않거나 믿음을 추구하지 않는 사람들을 하느님이 용서해줄까요?"

교황 할아버지는 그 질문에 다음과 같이 대답해주었습니다.

"하느님의 자비에는 한계가 없습니다. 신앙이 없으면 양심에 따라 행동하면 됩니다."

　다른 사람의 종교를 무시하면서 자신의 종교만 진리를 표현한다고 믿는 것은 옳지 않은 태도라고 말씀하셨습니다. 일찍이 우리나라의 김수환 추기경 할아버지도 비슷한 말씀을 해주셨습니다. 어떤 종교를 믿든 편을 가르지 말고 서로 사랑하라는 뜻이지요.

　"하느님을 믿지 않는 이에게 죄란 양심에 어긋나는 행동을 하는 것입니다. 비록 하느님의 뜻을 따르지 않더라도 양심의 소리를 듣고 따르면 선악의 차이를 이해할 수 있습니다."

　종교가 없으면 스스로의 양심에 따라 행동하라고 방법까지 가르쳐주셨습니다. 교황 할아버지의 이 말씀은 사람들 사이에 두고두고 화제가 되었습니다. 나와 다른 생각을 가지고 다른 선택을 한 사람에게 관용을 베푸는 사람이 되라는 뜻이라고 사람들은 믿었습니다.

　종교를 갖지 않은 사람들도 잘못을 저질렀을 때 다른 사람의 도움을 받을 수 있어야 합니다. 스스로 약한 존재라는 것을 알고, 자신이 저지른 잘못을 깨닫는 것이 중요합니다. 잘못을 저지른 뒤 양심의 가책과 고통을 느끼면서 더 나은 사람으로 성장하게 된다는 말씀입니다. 잘못은 성장을 위한 디딤판 같은 역할을 하는 것이지요.

　한 사람의 예를 들었습니다. 유럽 어느 큰 도시의 시장님은 매일 밤 자기가 하루 동안 한 일을 반성하는 시간을 가진 뒤 하루를 마친다고 합니다. 그 사람은 아무 종교도 갖고 있지 않았습니다. 하지만 인생의 의미를 알고 자신의 행동을 고치기 위해 끊임없이 노력했습니다.

　시장님은 하루를 돌아보면서 잘못한 일을 반성하고 후회합니다. 그 시간은 내일 그 사람이 더 나은 사람이 되기 위한 밑거름이 됩니다.

# 감사하는 마음에서 사랑이 싹틉니다

교황 할아버지는 작은 일에도 감사하라고 항상 말씀하십니다. 우리는 자기가 가지고 있는 소중한 장점을 잘 모릅니다. 다른 친구보다 블록을 더 잘 조립하거나 음식을 맛있게 잘 먹는 것은 좋은 점입니다.

어떤 친구는 말을 재미있게 해서 친구들을 즐겁게 해줍니다. 그 옆에는 친구의 말을 잘 들어주는 다른 친구가 있습니다. 말을 잘하는 사람, 남의 말을 잘 들어주는 사람, 모두 좋은 사람들입니다. 우리가 좋은 점을 발견하지 못했을 뿐입니다. 자기의 장점도 고마워하지 않습니다.

스페인 속담에 이런 말이 있습니다.

'감사할 줄 아는 사람이 태생이 좋은 사람이다.'

감사란 고귀한 영혼에서 피어나는 꽃과 같은 것입니다. 마음이 아름다운 사람만이 다른 사람에게 감사할 줄 압니다.

"고마워!"

친구가 숙제를 도와주거나 아이스크림을 사줬을 때 꼭 말해야 합니다. 내 옆에서 나와 함께 시간을 보내준 것도 고맙고, 내 숙제를 도와준 것도 고마운 일입니다. 아끼던 돈으로 아이스크림까지 사주었으니 정말 고마운 친구입니다.

고맙다는 말을 잘 안하는 사람이 있습니다. 남들이 자기한테 잘해주는 것을 당연한 일이라고 생각합니다. 겸손한 마음을 가져본 적도 없는 사람입니다.

미안하다는 말을 잘 안하는 사람이 있습니다. 자신은 용서를 구할 것이 아무것도 없다고 생각하는 사람입니다. 그들은 교만이라는 최악의 죄를 저지르는 것이지요.

교황 할아버지는 여러 번 말씀하셨습니다.

"용서를 구해야 하는 상황에서 용서를 받았던 경험이 있는 사람만이 남을 용서할 수 있습니다."

고마워, 미안해, 라는 말을 잘하지 않는 사람은 문제가 있는 사람입니다. 우리는 말을 통해 서로 소통할 수 있고 관계를 맺을 수 있습니다. 말은 생각과 감정을 주고받을 수 있게 해줍니다.

　오늘부터 거울을 볼 때 건강하게 잘 자라는 나한테 고맙다고 말해보세요. 밥을 차려주는 엄마한테도 고맙다고 말해보세요. 어려운 퍼즐을 함께 풀어주는 아빠한테도 말해보세요.

　"아빠, 고맙습니다."

　아빠는 깜짝 놀라서 여러분을 쳐다볼 겁니다. 그때는 활짝 웃어주세요. 사람 사이에 서로 생각해주는 마음, 고마워하는 마음은 가장 귀한 보물입니다. 매일 실천하도록 노력하는 태도가 중요합니다.

# 이웃을 사랑해야
# 하느님을 사랑할 수 있습니다

세상에는 좋은 물건과 멋진 식당이 많습니다. 우리는 그곳에 가서 가족과 친구랑 맛있는 음식을 먹거나 좋은 물건을 삽니다. 텔레비전에서도 매일 이 세상에 있는 온갖 화려하고 좋은 물건들을 광고합니다.

교황 할아버지는 그런 것에는 관심이 없습니다. 그러면 어디에 관심이 있을까요? 바로 안녕하지 못한 사람들입니다. 이 세상에는 우리가 안녕하세요? 묻는 인사에 '네' 라고 대답할 수 없는 사람이 많습니다. 몸이 아프고 돈이 없고 가족과 헤어져서 사는 사람들 말입니다.

교황 할아버지는 그런 사람들을 곁으로 찾아가서 만납니다. 그 사람이 안녕하지 못한 이유를 귀담아듣고 위로를 해주십니다. 우리들에게도 당부의 말씀을 잊지 않으십니다.

"우리 옆에서 함께 살아가고 일하고 공부하는 이웃을 사랑하세요."

자기를 넘어서 이웃을 사랑하라. 가까이에 있는 이웃을 사랑하라는 말씀입니다. 이웃을 사랑하지 않고 어떻게 멀리 있는 사람, 안 보이는 하느님을 사랑할 수 있겠습니까?

내가 그 사람과 똑같은 고통을 당하게 되면 어떨까 생각해보라고 말씀하셨습니다. 내가 그 사람의 입장이 되어보아야만 그 사람을 이해할 수 있습니다. 남의 입장을 생각할 줄 아는 마음이 사랑이라고 말씀하셨어요.

교황 할아버지는 두 가지를 늘 강조하십니다. 경청과 동정심. 남의 말에 귀 기울이고 그 사람의 마음을 살펴주는 것입니다. 동정심은 남이 아플 때 그 아픔을 나도 함께 느끼는 마음입니다. 자기주장만 계속 하고 남을 무시해서는 동정심이 생기지 않습니다.

네가 아프든 말든 나는 상관없어, 라고 말하는 사람은 앞날을 모르는 사람입니다. 남을 돕지 않는 사람은 자신이 어려움에 빠졌을 때 남에게 도움을 받을 수 없습니다.

"네 이웃을 네 몸과 같이 사랑하라."

예수님의 이 말씀은 우리가 다 함께 더불어 살아가야하는 존재라는 뜻입니다. 내가 이웃을 기억해야 이웃도 나를 친구로 생각해줍니다.

말로만 예수님을 찾지 말고 사랑을 실천하면서 예수님의 말씀을 따르라고 하셨습니다. 마음을 열고 상대방을 바라보면 그 사람을 차츰 이해할 수 있습니다.

교황 할아버지가 호화로운 관저 대신 소박한 게스트하우스에서 머무는 이유를 알겠지요?

교황이 안락한 바티칸 교황궁에 머물며 장엄한 예식과 온갖 시중을 받으면서 어떻게 가난한 사람들을 이해할 수 있겠느냐고 하셨습니다. 세상의 비참함을 직접 경험해보지 못하면 비참한 곳에 있는 사람을 이해할 수 없습니다.

교황 할아버지는 아르헨티나의 철도노동자 가정에서 태어났기 때문에 가난했습니다. 몸소 가난을 경험했기 때문에 가난한 사람들의 고통을 누구보다 잘 알고 있습니다.

# 몸이 불편한 사람에게도 희망을!

교황 할아버지가 장애인이 사는 곳을 방문한 적이 있었어요. 평소에 사람들의 관심과 사랑에서 멀리 떨어진 곳에 살고 있던 그분들은 몹시 기뻐하셨습니다. 교황 할아버지의 손을 잡고 눈물을 흘리는 사람도 있었습니다. 또 한 분은 이런 말씀을 하셨어요.

"저도 예수님의 사랑을 실천하며 봉사하는 삶을 살고 싶습니다. 그런데 이렇게 몸을 움직일 수 없어서 아무것도 할 수가 없습니다. 도움만 받고 사는 삶이 부끄럽습니다."

교황 할아버지는 그 분의 손을 잡고 격려해주셨어요.

"당신은 몸이 아픈데도 그런 말씀을 해주시니 제가 오히려 감동했습니다. 여러분들은 몸이 불편해서 아무것도 안 하고 산다고 생각할지 모르지만 그렇지 않습니다. 남을 위한 기도만 해도 굉장히 큰일을 하는 것입니다."

몸이 불편해서 늘 남에게 짐이 된다고 한탄했던 사람들은 그 말씀에 크게 위로를 받았습니다. 교황 할아버지는 상대방에게 가장 힘이 되는 말이 무엇인지 알고 그걸 얘기해주는 분이십니다. 노인들에 대해서도 비슷한 말씀을 해주셨습니다.

"이제 늙어서 아무 쓸모가 없게 되었다는 생각은 하지 마세요. 일생 동안 많은 경험을 하고 깨달은 노인의 지혜를 젊은이들에게 나눠주세요. 아직 경험이 많지 않은 젊은이들에게는 와인처럼 잘 숙성된 지혜가 필요합니다."

서양 사람들이 좋아하는 와인은 시간이 흐르면서 맛이 깊어지고 더 좋은 와인이 됩니다. 우리나라의 김치가 잘 익으면 맛과 영양이 좋아지는 것과 비슷합니다.

장애를 가진 사람은 자신이 살기 불편할 뿐입니다. 남에게 도움을 받아야 하는 처지이긴 하지만 남을 괴롭히거나 해를 끼치지는 않습니다. 몸이 건강해도 마음에 병이 든 사람이 있습니다. 다른 사람을 미워하고 의심합니다. 남을 아프게 하고 상처를 줍니다. 교황 할아버지는 힘들 때일수록 하느님의 사랑을 믿으라고 하셨습니다.

“하느님은 절대 우리를 놓치지 않으십니다.”

하느님은 우리가 아플 때나 가난할 때나 장애를 갖게 되었을 때나 똑같이 우리를 지켜주십니다. 교황 할아버지가 하느님을 대신해서 그 분의 말씀과 사랑을 우리에게 늘 일깨워주시고 계십니다.

나는 가진 것이 아무것도 없다고 생각하는 사람이 많습니다. 잘 살펴보면 누구나 뭔가 좋은 점을 가지고 있습니다. 남을 위해 기도하고 눈이 마주치면 밝은 웃음을 지어보이는 것도 행복을 전하는 일입니다. 내가 가진 작은 것들을 소중하게 생각해야 합니다.

# 무관심을 버려야 해요

길거리에서 어떤 사람이 얻어맞고 있습니다. 비명을 지르고 고통스럽게 몸을 웅크립니다. 그 곁을 지나가는 사람은 겁먹은 표정만 지을 뿐 말리지 않습니다. 때리는 사람은 점점 더 세게 공격을 합니다. 맞는 사람은 지나가는 사람을 향해 계속 구호 요청을 하지만 소용이 없습니다.

이런 광경을 본 적이 있을 거예요. 다들 자기한테 나쁜 일이 생길까봐 앞에 나서지 않습니다. 구경꾼 노릇만 하고 있습니다. 곤경에 빠진 사람에게 도움의 손길을 뻗지 않는 사람은 때리는 사람과 똑같은 죄를 짓는 거라고 교황 할아버지는 말씀하셨습니다.

가난한 사람의 고통을 모른 척 하는 것은 맞는 사람을 내버려두는 것과 똑같습니다. 나만 행복하면 그만이라는 생각도 버려야 합니다. 교황 할아버지는 우리들의 무관심이 가슴 아프다고 하셨습니다.

"우리는 매스미디어를 통해 보고 듣고 하면서 조금씩 물들어가고 있습니다. 현대사회는 비뚤어진 즐거움을 추구합니다. 잠깐의 즐거움에만 빠져 있고 우리가 좋은 관계를 맺어야할 사람들에게는 무관심합니다."

거리에서, 이웃에서, 가정에서 또 우리의 마음 안에서도 마찬가지의 일이 일어나고 있습니다. 우리는 늘 시기심과 미움을 품고 살아갑니다. 약한 사람을 무시하고 멀리합니다.

바로 옆에서 벌어지는 비극을 가리고 덮어버립니다. 그들이 마치 이 세상에 없는 것처럼 나만 흥겨운 축제를 벌입니다. 고통 받는 사람을 돌아볼 마음의 여유가 없습니다.

사람들이 우리에게 관심을 두지 않을 때 우리는 마음이 불안하고 육체는 상처를 입기 쉽습니다. 맨 먼저 나서서 매 맞는 사람을 구해야 합니다. 기꺼이 이렇게 말해야 합니다.

"내가 도와줄게요. 많이 다치지 않았어요?"

그 말 한마디로도 그 사람은 큰 위안을 받습니다. 의사가 되어 치료를 해달라는 것도 아니고 돈을 달라는 것도 아닙니다. 당신이 괜찮은지 걱정이 된다는 말 한마디를 듣고 싶은 것입니다.

엄마한테 야단맞은 날을 생각해보세요. 세상이 모두 나에게 등을 돌린 것 같고 나만 혼자 외롭게 버려진 것 같은 느낌이 들 거예요. 그때 친구가 나를 불러서 같이 과자를 먹으며 정답게 얘기를 나눈다면 조금 전의 아픔은 씻은 듯이 사라질 겁니다.

우리가 마음을 어떻게 먹느냐에 따라서 우리 삶을 기쁨으로도 슬픔으로도 채울 수 있습니다. 우리가 살아가는 하루하루에 환한 빛이 비치고 마음도 환해집니다. 내가 가치 있는 사람이라는 느낌도 들 거예요.

예수님을 믿는 사람들은 세상일에 무관심해서는 안 됩니다. 다른 사람이 아프면 우리도 아프고 다른 사람이 기쁘면 우리도 기쁩니다. 세상이 잘못된 방향으로 가면 그것을 비판할 줄도 알아야 합니다.

세상에 불행한 사람이 많은데 우리만 행복을 느낄 수는 없습니다. 누군가 마땅히 누려야 할 행복에서 멀어졌다면 관심을 갖고 살펴보아야 합니다. 그것이 하느님의 말씀을 실천하는 길입니다.

교황 할아버지는 예수 그리스도의 기쁜 소식을 전하는 일을 맡았다고 했습니다. 예수님은 강한 사람 편을 들지 않았습니다. 약한 사람의 손을 잡고 가난한 사람의 발을 씻기셨습니다. 세상과 동떨어져 교회 안에만 머물러서는 안 된다고 했습니다.

우리는 남보다 뛰어난 사람이 되고 싶어 합니다. 성적도, 얼굴도, 힘도 남보다 뛰어나야 한다고 생각합니다. 그래서 경쟁을 하고 그 경쟁에서 이기고자 합니다. 그렇게 되면 똑똑하고 강한 사람에게 유리한 세상이 되어갑니다. 적자생존의 법칙이라는 말 들어봤지요?

강한 사람이 잘 적응해서 살아남고 약한 사람은 뒤로 밀려나 짓밟히게 됩니다. 교황 할아버지는 약한 사람이 우리가 사는 세상의 밑바닥이나 뒤로 물러나지 않고 함께 손잡고 살아가야 한다고 말씀하셨습니다.

약한 사람도 우리와 똑같이 이 사회를 살아가는 한 사람의 구성원이라는 뜻입니다. 못났다고 밀어내고 버려서는 안 된다고 당부하셨습니다.

"살인하지 마라."

사람의 생명을 지키기 위해 십계명은 이렇게 명령합니다. 마찬가지입니다. 약한 사람을 멀리하는 것도 똑같이 죄를 짓는 것입니다.

"가난하고 약한 사람을 멀리하지 마라. 천국이 그들의 것이다."

강한 것만 좋다고 따라가면 많은 사람들이 고통을 겪다가 죽게 됩니다. 늙고 병든 사람이 혼자 살다가 아무도 모르게 죽었다는 뉴스를 들은 적이 있을 겁니다. 가슴 아픈 일이지요.

많은 사람들이 자신의 주머니에 돈이 줄어드는 것은 슬퍼하지만 다른 사람이 고통 받는 것은 나 몰라라 합니다. 그럴 때면 생일에 노숙자 세 명을 불러 아침 식사를 함께한 교황 할아버지를 생각해보세요. 그날 노숙자가 느꼈을 행복에 대해서도 상상해보기 바래요.

# 네 이웃은 어디 있느냐?

우리는 참을성이 많아야 한다고 배웠습니다. 원래부터 참을성이 많은 사람이 아니라면 어떻게 참아야 하는지 배워야 합니다. 참을성은 다른 말로 인내심이라고도 합니다. 인내심을 키우는 것은 평생교육이어야 합니다.

교황 할아버지는 고통과 아픔을 겪으면서 인내를 배우는 우리의 인생 전체가 배움의 시간이라는 진리를 전합니다.

어릴 때는 자기가 하고 싶은 대로만 하려고 합니다. 장난감도 과자도 옷도 내가 갖고 싶은 걸 갖겠다고 떼를 씁니다. 부모님이 다 들어줄 거라고 믿으니까요. 커갈수록 참아야 할 일이 많습니다. 인내심을 기르러면 시간이 필요합니다. 굳건한 마음도 필요합니다.

인내심을 배우면 다른 사람이 나와 다른 인생을 살아간다는 것을 이해할 수 있습니다. 이 세상에는 내 뜻대로 할 수 없는 일이 많다는 걸 알게 됩니다. 다른 사람의 의견도 존중해야한다는 걸 배웁니다. 다른 사람을 내 마음대로 하려고 고집을 내세우지도 않습니다.

성경의 창세기에는 카인과 아벨의 이야기가 나옵니다. 인간이 낳은 첫 번째 자식인 두 사람은 사이가 좋지 않은 형제였습니다. 결국 형인 카인은 동생 아벨을 죽입니다. 그때 하느님이 나타나 카인에게 묻습니다.

"네 형제가 어디 있느냐?"

아벨이 보이지 않아서 어디 간 거냐고 물었지만 카인은 모른다고 대답했습니다. 교황 할아버지는 우리에게 이 이야기를 들려주며 말씀하셨습니다.

"네 이웃은 어디 있느냐?"

우리는 가까이 있는 불행한 이웃을 모른 척 합니다. 교황 할아버지는 무관심을 당연하게 생각하는 우리를 나무라십니다. 너의 이웃이 어디서 어떻게 사는지 살펴보라고 하십니다. 우리는 서로의 마음을 들여다보아야 합니다. 그리고 함께 가야 합니다.

교황 할아버지는 아이를 키우는 부모들에게도 말씀하셨습니다. 자식을 부모 마음대로 하려고 하지 말고 자식이 스스로 성장하도록 방향을

제시해주는 것이 부모의 역할이라고 하셨습니다. 자식이 자신과 타인의 실패를 통해 스스로 배우고 극복해 나갈 수 있도록 지켜봐주라고 하셨습니다.

교황 할아버지도 이기심 때문에 다른 사람을 외면하려고 한 적이 있었다고 고백하셨습니다. 그때 자기 이익만을 위해 남을 이용하면 안 된다는 걸 깨달았습니다. 고통스러운 일들로부터 도망치려는 교황 할아버지에게 하느님은 미소 지으며 고통을 받아들이라고 하셨답니다.

사랑은 교황 할아버지의 초심입니다. 초심은 무언가를 하려고 할 때 가장 먼저 먹은 마음입니다. 처음 결심한 것, 그래서 더 단단하고 진실한 것이지요. 교황 할아버지가 위대한 이유는 그 초심을 평생 실천했다는 점입니다.

사람들은 작심삼일이라고 말하잖아요. 보통 삼일 후에 마음이 바뀌는데 교황 할아버지는 처음부터 지금까지 그 마음을 변치 않고 지켜왔습니다. 무슨 말씀을 하시든지 메시지의 요지는 사랑입니다. 무슨 일을 행하든 사랑을 밑바탕에 깔고 있습니다.

인간이 가져야 하는 미덕 중에서 최고의 미덕은 무엇일까요? 내 자리를 다른 사람에게 내어주는 사랑이라고 생각합니다. 다른 사람을 끌어안을 만큼 마음이 온화해야 할 수 있는 일입니다. 온화함을 잃으면 폭력에 기대게 됩니다.

　내 곁의 사람을 따뜻한 마음으로 사랑하게 해달라고 기도합니다. 상처를 주는 말, 폭력적인 마음을 없애게 해달라고 기도합니다. 남을 아프게 하지 않고 사랑할 수 있는 마음을 갖게 해달라는 기도입니다.

# 남을 위해 기도하는 손이
# 가장 아름다워요

한 친구가 기도를 하고 있어요. 두 손을 모으고 눈을 감고 입술을 가끔씩 달싹거리네요. 무엇을 기도하고 있는 걸까요? 어려운 일이 닥쳤을 때 우리는 기도를 합니다. 기도가 무엇이기에 우리는 자주 기도를 하는 걸까요?

나보다 강한 사람이 나를 도와주기를 바라는 것이 기도라고 알고 있지만 정확히 한두 마디로 설명하기는 어렵습니다. 책이나 기도문보다 프란치스코 교황 할아버지가 기도에 대해 하신 말씀이 마음에 깊이 와 닿았습니다.

무엇보다 내 마음이 하나님과 이웃에 대한 사랑으로 채워지길 소원해야 한다고 하셨습니다. 마음이 욕심으로 가득 차 있으면 뭔가를 바라는 말로만 기도를 합니다. 남을 위한 기도를 할 틈이 없습니다. 그러면 기도는 어떻게 해야 하는 걸까요?

성경에 쓰여 있는 하느님의 말씀을 내가 얼마나 잘 지켰나 생각해보는 것입니다. 잘한 일은 잘했다고 말하고 못한 일은 못했다고 솔직하게 고백하는 것이지요. 그러면 자기도 모르게 반성을 하게 됩니다. 반성을 해야 다음번에는 더 잘하게 될 테니까요.

그 다음에는 내가 다른 사람을 얼마나 사랑했는지, 그 사람을 위해 무얼 했는지 생각해보는 것이 기도예요. 하느님은 늘 사랑을 강조하셨 잖아요.

"서로 사랑하라. 네 이웃을 네 몸과 같이 사랑하라."

내가 그 말씀을 얼마나 잘 실천했나 돌아보기 위해 기도를 합니다.

누구한테나 갑자기 나쁜 일이 생길 수 있잖아요. 그럴 때 다른 사람 한테 손을 내밀고 싶어지면 기도를 합니다. 무섭고 힘들다고 속마음을 털어놓습니다. 교황 할아버지가 우리 얘기를 들어준다고 생각하고 말해 보세요.

남들이라면 바보 같다고 비웃을 잘못도 기도할 때는 솔직히 말합니다. 속이 후련하면서 아무 일도 안 일어난 것처럼 마음이 가벼워질 거예요.

# 복음의 기쁨을 전파하는 사람

교황 할아버지는 하느님의 말씀을 우리가 잘 알아들을 수 있는 말로 다시 전해주십니다. 사랑과 소망과 믿음을 서로 나누라는 말씀을 전하기 위해 계신 분입니다.

좋은 말, 마음을 움직이는 말을 듣는 것은 행복한 일입니다.

"넌 방 청소를 참 잘하는구나."

"아픈 친구를 위해 알림장도 적어주고 가방도 들어주다니 정말 착하구나."

칭찬을 받으면 힘든 일이 하나도 힘들지 않습니다. 내가 다른 사람에게 도움을 주었다는 사실이 뿌듯합니다. 우리도 누군가에게 계속 좋은 말을 해주어야 합니다.

"내 생일파티에 와줘서 고마워."

"쉬는 시간에 너랑 같이 노니까 재미있었어."

내 말을 들은 친구도 기분이 좋은지 환하게 웃습니다. 말을 하지 않으면 친구한테 관심이 있다는 마음을 표현할 수 없습니다. 친한 친구가 없으면 나 자신만 알고 욕심을 부리기 쉽습니다. 남을 미워하고 남의 것을 탐내기도 합니다.

교황 할아버지는 자유롭고 즐겁게 복음을 전해주셨습니다. 당장은 힘에 밀리는 것 같지만 나중에는 진리가 반드시 승리한다는 믿음이 필요하다고 하셨습니다.

성경 말씀은 하느님이 우리에게 기쁨을 주기 위해 들려주시는 이야기들입니다. 교황 할아버지가 그 말씀을 풀어놓은 책이 나왔어요. 제목이 『복음의 기쁨』이라는 것만 봐도 성경이 무슨 책인지 잘 알 수 있지요?

우리가 제일 힘들 때는 내 옆에 아무도 없다고 느낄 때입니다. 엄마 아빠는 내 마음을 몰라주고 친구들은 나를 따돌릴 때 슬픕니다. 그럴 때 기도를 하면 마음속에 있는 슬픔이나 외로움에서 벗어나게 됩니다. 하느님이 내 말을 들어주었으니까요.

누구를 사랑하면 우리 마음속에는 끊임없이 기쁨이 샘솟습니다. 많은 물건을 갖고 사치스럽게 산다고 행복한 게 아닙니다. 행복의 자리는 우리 마음 안에 있습니다.

많은 것을 갖고도 자신이 사랑받고 있다고 느끼지 못하면 행복한 게 아닙니다. 행복은 우리 바깥에 있지 않고 마음 안에 있습니다. 하느님의 사랑을 받는 아들딸이라는 기쁜 소식을 아는 것이 바로 행복이지요.

# 교황 할아버지가 자주 하는 말

사람들은 교황 할아버지의 얼굴을 보고 싶어 합니다. 매일 베드로 광장에는 잠깐이라도 할아버지의 얼굴을 보기 위해 멀리서 엄청나게 많은 사람들이 찾아옵니다. 그 사람들은 할아버지의 웃는 얼굴만 봐도 행복해집니다.

사람들은 교황 할아버지의 말씀을 듣고 싶어 합니다. 할아버지가 오시는 곳에는 언제나 사람들이 파도처럼 몰려들어 말씀마다 환호성을 울립니다. 그 말씀이 가슴속에 들어와 우리를 위로하고 힘을 내라고 격려해줍니다.

교황 할아버지가 강론을 할 때나 미사를 할 때 자주 하는 말이 뭔지 살펴볼까요.

"제가 죄를 지었습니다."

"제 실수입니다."

어떤 일이 일어나서 결과가 안 좋아도 그것은 내 탓이라고 말씀하십니다. 내가 어리석어서 잘못을 저질렀다고 고백합니다. 그래야 그 죄와 실수에서 벗어날 수 있으니까요. 그 말에는 지금 잘못한 것을 다음에는 저지르지 않도록 하겠다는 다짐이 포함되어 있습니다.

"이런 저런 것이 제 단점입니다."

나에게 단점이 있다는 걸 솔직히 인정하는 것도 교황 할아버지의 놀라운 점입니다. 우리는 부끄러워서 단점을 숨기려고 합니다. 남들이 나를 놀리거나 우습게 알까봐 감추는 것입니다. 교황 할아버지는 용감하게 자신의 모자란 점을 털어놓습니다.

정직하게 나의 단점을 남에게 알릴 수 있는 사람은 남의 단점을 쉽게 비난하지 못합니다. 부끄러움이 많아서 남들 앞에서 말을 잘 못한다는 것을 스스로 인정한 사람이 있다고 상상해보세요.

다른 친구가 자신처럼 발표도 못하고 생각을 잘 표현하지 못할 때 그 친구가 왜 그러는지 이해할 수 있을 것입니다. 진심으로 그 친구를 위로해줄 수도 있습니다.

"너만 그런 거 아니니까 너무 부끄러워하지 마. 괜찮아. 나도 그런 적

있었어."

친구는 자기만 단점이 있는 게 아니라는 사실에 안심합니다. 나를 위로하는 친구가 있다는 사실에 감사할 것입니다. 언젠가는 다른 친구에게도 똑같은 위로를 해줄 수 있을 겁니다.

우리는 누구나 모자란 점이 있습니다. 남보다 잘하지 못하는 일도 있고요. 그걸 불평하고 부모님을 원망하기도 합니다. 생각해보면 그런 단점은 누구나 한두 가지 있는데도 말이에요. 그 단점이 조금 불편하긴 해도 살다보면 익숙해지고 어떤 때는 오히려 나를 도와주기도 합니다.

우리나라에 와서 살고 있는 다문화가정의 친구들도 사정이 비슷할 거예요. 피부색이 다르다는 이유로 남들에게 차별받을 때도 있지만 좋은 점도 많아요. 부모님에게서 두 나라 말을 배울 수 있고 다른 나라 음식도 많이 먹어볼 수 있잖아요.

어릴 때부터 남들이 못해보는 여러 가지 특별한 경험을 많이 할 수 있습니다. 불편한 점을 개성으로 만들면 더 멋진 사람이 될 수 있어요. 겉모습만 보고 놀리는 친구에게 당당하게 맞설 수 있는 용기가 필요합니다. 그래야 마음이 강해져서 나와 비슷한 처지에 있는 사람을 도와줄 수 있습니다.

교황 할아버지는 지난 시간에 겪었던 고통에 대해서도 긍정적인 생각을 갖고 계십니다. 어릴 때 가난했기 때문에 가난한 사람의 처지를 잘 알아서 그들에게 필요한 것을 도울 수 있다고 하셨습니다. 몸이 약해서 큰 병에 걸려봤기 때문에 몸이 아픈 사람의 고통을 잘 이해할 수 있다고 하셨습니다.

"남의 고통을 함께할 수 있는 지혜는 시간이, 또 인생이 저에게 가르쳐 준 것들입니다."

교황 할아버지는 이 말씀을 자주 하십니다. 인생에서 일어난 일은 다 좋은 일이라는 얘기와도 통합니다. 좋은 일은 좋은 일이라서 좋고, 나쁜 일은 극복하고 나면 교훈을 얻을 수 있으니 좋다고 하셨습니다.

교황 할아버지가 높은 자리에 올랐다고 뽐내고 거드름을 피우는 분이 아니라는 건 우리도 잘 알고 있습니다. 사람들은 평범하고 친절한 교황 할아버지의 모습에 더 이상 놀라지 않습니다. 이제는 우리와 똑같은 생활을 하는 겸손한 할아버지를 마음 깊이 받아들였으니까요.

남들보다 뛰어난 사람인 것처럼 행동하는 사람이 아닌 친구 같은 교황 할아버지를 볼 수 있어서 사람들은 행복합니다. 완벽하지 않아도 좋은 사람이 될 수 있다는 걸 알게 되어서 다행이라고 생각합니다. 모두 할아버지가 우리들에게 정직한 말씀과 행동으로 다가오셨기 때문에 일어난 일입니다.

# 아무도 돌보지 않는 사람을 끌어안다

교황 할아버지는 여러 가지가 남들과 달랐습니다. 옷부터 다릅니다. 화려한 교황 예복을 입지 않았어요. 단순한 흰 옷을 입으셨지만 구두만은 항상 반짝반짝 빛났습니다. 다 낡아서 떨어진 구두를 신고 로마에 가려는 할아버지를 보고 친구들이 놀라서 사준 그 구두입니다.

교황이 되신 다음 첫 번째 연설에서 보여준 겸손은 사람들에게 깊은 인상을 심어 주었습니다. 이웃이나 친구처럼 누구에게나 가까이 다가가서 포옹을 하고 입을 맞추었습니다. 그 감동이 광장에 모인 사람들과 텔레비전을 시청하는 수많은 사람들에게 그대로 전달되었습니다.

그것 말고도 교황 할아버지는 특이한 점이 많았습니다. 원칙에 얽매이지 않고 할아버지가 옳다고 생각하는 일을 바로 실천하셨습니다. 대성당 밖에서 임신한 여자에게 다가가 축복을 주신 일은 아주 사소한 일에 속합니다.

우리가 할아버지의 행동을 보고 놀라면 그 다음에는 더 놀라운 일이 벌어집니다. 오만 명의 사람이 모인 광장에서 신경섬유종이라는 무서운 병을 앓아 머리와 얼굴이 온통 혹으로 뒤덮인 남자를 껴안아줬습니다. 이 모습이 인터넷을 통해 알려지면서 전 세계의 화젯거리가 되었습니다.

사람들은 교황 할아버지가 다음에는 또 무슨 일을 하시려나, 관심을 갖고 지켜보았습니다. 교황이 된 다음에도 예전과 똑같이 행동하고 생

활하는 교황 할아버지가 신기했기 때문입니다. 신문과 방송은 그 소식
을 자주 전했고, 교황 할아버지의 인기는 날로 높아졌습니다.

　프란치스코 할아버지는 앞으로 세상에서 예수님이 하신 일을 그대로
하실 거라고 기대하게 되었습니다. 나병 환자를 안아주시던 모습은 바
로 그 사랑의 표현입니다. 병으로 얼굴과 몸이 일그러진 나병 환자는 혹
시 병이 옮을까봐 모두 피하고 싶어 하잖아요.

# 넘어져도 다시 일어나 계속 걸어가세요!

프란치스코 할아버지의 또 하나 특별한 점은 강한 사람을 무서워하지 않는다는 겁니다. 대통령이든, 부자든, 어떤 힘을 가진 사람에게 틀렸으면 틀렸다고 말합니다.

교황으로 선출된 다음 날, 바티칸 성당의 강론에서는 원고를 준비하지 않고 말씀하셨습니다. 오직 마음에서 우러나오는 진실만을 말하겠다는 뜻입니다.

"하느님의 사랑에 우리를 맡기는 일은 결코 쉬운 일이 아닙니다. 왜냐하면 하느님의 사랑은 잴 수 없는 깊고 깊은 바다와 같기 때문입니다. 그러나 우리는 그 사랑을 믿고 실천해야만 합니다."

프란치스코 할아버지는 약한 사람들 위에 올라서서 짓밟거나 무시하는 사람들을 야단쳤습니다. 자기만 특별히 잘났다고 생각하는 사람들은 하느님의 사랑을 느낄 수 없다고 말씀하셨습니다.

우리가 잘못을 저지를 때는 바로 야단을 치십니다. 서로 사랑하지 않고 미워하며 말로 상처를 주는 사람에게 말씀하셨습니다.

"사랑하는 형제자매 여러분! 사랑의 말을 전하세요. 말로 사람을 죽일 수도 있습니다. 사람이 뱀의 혀를 가지고 있을 때, 라는 말이 있습니다. 분노의 독을 쏟아내고 험담을 해서 상처를 입히는 혀가 뱀의 혀입니다. 말로 사람을 해치면 안 됩니다."

교황 할아버지는 험담이 말로 하는 살인이라고도 말씀하셨습니다.

"험담은 캐러멜처럼 맛있고 재미있을지도 모릅니다. 그러나 결국 우리의 마음을 불쾌하게 하고 우리를 망칩니다. 남을 험담하는 것만 피해도 훗날 성자가 될 수 있습니다. 거룩해지고 싶으면 험담을 하지 마세요. 아름다운 말로 세상 끝까지 복음을 전합시다."

한 소년이 교황 할아버지에게 물었습니다.

"살다보면 힘든 일이 생겨 근심 걱정이 다가올 때 어떻게 해야 합니까?"

교황 할아버지는 인생의 길은 하나의 예술작품과 같다고 말씀하셨습니다.

“저 멀리 지평선을 바라보며 내가 가고자 하는 곳이 어디인지 보고 앞으로 나아갑니다. 견뎌야 할 피로감도 있습니다. 길을 찾아가는 과정은 어렵습니다. 어떤 때는 어둠으로 가득 차 깜깜해서 아무것도 안 보일 수도 있습니다. 추락을 경험하기도 합니다. 앞으로 잘 될 거라는 믿음을 갖기 어려울 때도 있습니다. 그러나 실패를 두려워하지 마세요.”

인생이라는 작품에서 중요한 건 넘어진 적이 없다는 사실이 아니라, 넘어졌지만 그대로 머물지 않고 일어서는 것이라고 하셨습니다. 넘어지면 바로 일어나 가던 길을 계속 가야 합니다. 매일매일 가야 하는 길이니 여럿이 같이 가라고 하셨습니다. 혼자 가는 길보다 친구들과 함께하면 도움을 받을 수 있으니까요.

# 버스 타고 다니는 교황 할아버지

프란치스코 할아버지는 교황이 되자마자 가난한 사람을 위한 교회를 강조하셨습니다. 널리 알려진 얘기이지만, 보통 신부님들이 이용하는 게스트하우스에 머물고 계세요. 그곳에서 지내는 게 더 편하시답니다.

몸이 불편한 것보다 마음이 불편한 것을 더 걱정하셨어요. 교황이 된 후에도 프란치스코 할아버지는 좀 더 많은 사람과 만남의 자리를 갖고자 했습니다. 그러려면 누구나 쉽게 올 수 있는 곳에 살아야한다고 하셨어요.

새 교황 프란치스코 할아버지는 예전부터 겸손하고 소탈하며, 가난을 실천하셨던 분입니다. 교황 할아버지가 교황으로 선출된 후 성 베드로 광장에 모인 신자들과 인사를 마치고 저녁 만찬장으로 이동할 때도 추기경들과 함께 버스를 타고 갔던 일 기억하지요?

교황 할아버지의 이러한 행동은 어제 오늘의 일이 아닙니다. 교황 할아버지는 추기경 때부터 버스를 타고 다니는 검소한 분이셨어요. 화려한 추기경 관저에 머물지 않고 방 한 칸짜리 아파트에 살았습니다. 추기경 관저는 가난한 선교사들에게 내줬습니다.

할아버지는 음식도 직접 해먹고 가난한 사람들이 사는 동네를 돌아다니며 그들과 함께 했습니다. 그래서 여러 가지 별명도 얻게 되었어요.

'낮은 자세로 가난한 이들을 찾아다니는 신부님.'

'사회정의를 실천해온 지도자.'

'가난한 사람들의 친구.'

정말 그렇게 살아온 분이시니 그런 평을 듣는 건 당연합니다. 아무나 흉내 낼 수 없을 정도로 훌륭한 분이시니까 저 멀리 아르헨티나에서 교황이 돼서 이탈리아까지 온 거겠지요.

프란치스코 할아버지도 예전의 교황님과 마찬가지로 주일마다 사도궁전의 창 밖에 모습을 나타내십니다. 삼종 기도와 훈화를 들려주기 위해서입니다. 말씀도 중요하고 기도도 중요하지만 사람들은 할아버지의 얼굴 한번 뵙는 것만으로도 충분히 축복을 받은 기분입니다.

프란치스코 교황 할아버지는 추기경일 때 부에노스아이레스에 위치한 여러 빈민가를 자주 방문했습니다. 부에노스아이레스의 70번 버스는 교황 할아버지 때문에 유명해졌습니다. 한 달에 한두 번 빈민가에 미사를 하러 갈 때 이 버스를 이용해서 교황의 버스로 알려졌습니다. 신학교에 갈 때도 전철을 이용했습니다.

한번은 바라카스에 위치한 누에스트라 세뇨라 데 카아쿠페 교구에서 수백 명의 주민들과 대화를 나누었던 적이 있었습니다. 한 벽돌공이 일어나 감격에 겨운 목소리로 이렇게 말했습니다.

"저는 추기경님이 자랑스럽습니다. 제가 동료들과 버스를 타고 이곳으로 오다 추기경님을 뵈었습니다. 추기경님께서는 버스에서 마치 우리 동네 사람인 것처럼 맨 뒷좌석에 앉아 계셨습니다. 우리 같은 보통 사람들과 구분이 안 될 정도로 평범한 모습이었습니다. 제가 동료들에게 저분이 추기경님이라고 말했지만 그들은 믿지 않았습니다."

교황 할아버지는 그 말에 감동을 받았습니다. 그냥 자연스럽게 버스를 타고 다녔을 뿐인데 사람들은 할아버지를 더 가깝고 친근하게 느낀다는 것을 깨달았던 겁니다.

그때부터 프란치스코 할아버지는 비참하고 고통스러운 삶을 사는 사람들의 가슴에 늘 친구로 자리 잡았습니다. 사람들은 말합니다.

"저희는 그분이 마치 우리와 똑같은 사람인 것처럼 느낍니다."

교황 할아버지를 마음속의 친구나 가족으로 생각한다는 말이지요.

그 이유는 교황 할아버지가 진심을 다해 사람들을 대하기 때문입니다.

"가난한 사람들을 잊지 마십시오."

어디를 가든 가는 곳마다 사람들을 만날 때면 이 말씀을 잊지 않고 기억하셨습니다. 나보다 모자라거나 가난한 사람을 사랑하지 않으면 아무도 사랑할 수 없다고 생각하셨어요. 가장 고통 받는 사람을 사랑하는 것은 하느님께 사랑을 바치는 것과 마찬가지라고 말씀하셨습니다.

교황 할아버지는 돈이 최고라고 생각하는 사람들을 늘 걱정하셨어요. 돈이 최고면 사람은 그 다음이라는 뜻이잖아요. 사람이 제일 중요하고 돈은 그 다음이라고 말씀하셨어요. 사람들이 세상의 끝에서 온 교황이라고 칭송하는 것도 모두를 똑같이 끌어안는 그 마음 때문입니다.

오십 달러짜리 스와치 시계를 찬 것을 보고 사람들은 교황 할아버지의 검소한 모습에 다시 한 번 놀랐습니다. 가톨릭 세계에서는 으뜸이신 분인데 평범한 사람의 시계를 찰 거라고는 생각하지 않았거든요. 스위스에서 만든 스와치 시계는 오만 원 정도로 서민들이 차는 시계입니다.

교황 할아버지의 방에 가본 신부님은 그 방에 살림이 거의 없다는 사실에 충격을 받았습니다. 침대와 책상, 의자, 그리고 책 몇 권이 전부였습니다. 가난한 사람들과 똑같이 행동하고 살아가신다는 건 알고 있었지만 이 정도로 검소할 줄은 몰랐습니다.

지금도 교황이라서 특별 대접 받는 것은 싫다고 말씀하십니다. 늘 우리들 곁에 머무르고 싶다는 마음을 행동으로 보여주셨습니다. 누군가를 소외시키고는 우리 사회에 예수님과 함께하는 평화와 조화, 행복을 이룰 수 없다는 뜻입니다.

# 유머가 넘치는 분

프란치스코 교황 할아버지가 청소년들과 셀카를 찍는 사진이 신문에 크게 실렸습니다. 아이처럼 신이 나서 스마트폰을 보면서 웃고 계셨습니다. 장난꾸러기였던 어릴 때 모습이 보이는 것 같았습니다.

원래 농담도 잘하고, 장난도 좋아하고, 유머가 넘치는 분이었다고 합니다. 교황으로 선출되고 나서 기자가 소감이 어떠냐고 물었습니다. 그때 뭐라고 대답했는지 알아요?

"나같이 모자란 놈을 교황이라고 뽑아준 분들을 주님께서 용서해 주시기 바랍니다."

그 순간 그 자리에 있는 사람들이 모두 폭소를 터뜨렸답니다. 자신을 한없이 낮추면서도 재미나게 표현할 줄 아는 유쾌한 분이셨습니다.

또 한 가지 재미있는 이야기가 세상에 전해졌어요. 교황 할아버지가 얼마나 장난을 좋아하고 유머를 즐기는 분인지 알 수 있는 일화예요.

교황 할아버지가 수녀원에 남긴 장난기 가득한 새해 인사에 관한 이야기예요. 12월 31일 오전 11시 45분쯤 할아버지는 스페인 남부의 루세나 가르멜 수녀원에 전화를 걸었습니다. 아무도 응답하지 않자 이런 음성 메시지를 남겼어요.

"수녀님들이 무슨 일을 하시느라 전화를 안 받으시나요? 나 교황입니다."

친구한테 전화를 건 것처럼 스스럼없는 말투였습니다. 할아버지의 장난스러운 표정이 떠오릅니다. 그 다음에 어떤 말을 덧붙였는지 들어보실래요?

"수녀님들, 한 해의 마지막 안부 인사를 전하고 싶었습니다. 또 전화할 수 있으면 이따 다시 하겠습니다. 하느님의 축복을 기원합니다."

이런 메시지를 남긴 교황 할아버지의 목소리를 들을 수 있다면 참 기쁘겠지요. 이날 저녁 일곱 시가 조금 넘은 시간에 교황 할아버지는 또 다시 전화를 걸었습니다. 물론 이번에는 수녀님들과 새해 인사를 다정하게 나눴습니다. 한 수녀님이 말씀하셨어요. 수녀님은 무척 당황했다고 했습니다.

"저는 그때 마침 기도를 하는 중이라서 전화를 받지 못했습니다. 교황님이 우리를 기억할 것이라고는 상상도 못했어요."

말할 것도 없이 교황 할아버지의 목소리가 무척 반가웠겠지요. 이 수녀원에는 교황 할아버지가 아는 수녀님이 세 분 머물고 계셨습니다. 십오 년 전 부에노스아이레스 대주교 시절 알고 지내던 아르헨티나인 수녀님들이시래요.

옛날에 친하게 지내던 사람들을 계속 마음속으로 친구로 생각했던 것입니다. 그래서 세월이 흘러도 잊지 않고 새해 안부 인사를 하신 겁니다. 사랑은 누군가를 잊지 않고 기억하는 일이기도 합니다. 그 사람은 전화를 받고 사랑을 느낍니다. 상대방의 마음속에 자신이 살고 있었다는 사실 때문에 행복합니다.

# 새해 결심 열 가지

인터넷에 재미있는 글이 올라왔어요. '2014년을 위한 교황 할아버지의 10가지 덕담'이라는 제목의 글이에요. 전 세계 사람들이 번역해서 그 말씀을 각자 마음에 새겼습니다.

교황 할아버지께서 직접 세계인들에게 전하려고 만드신 것은 아닙니다. 할아버지 자신을 위해 잘 정리해 만든 덕목들입니다. 교황님의 가르침을 받고 싶은 사람들은 그 말씀을 자신을 위한 것이라고 생각하고 기억했습니다.

내용을 보면 그렇게 어려운 말들이 아닙니다. 조금만 신경을 쓰고 남을 배려하면 실천할 수 있는 것들입니다. 지키기만 하면 당장 우리들 자신에게도 유익한 말씀입니다.

우리들의 무관심과 이기심 때문에 지키지 못한 일들입니다. 새해에는 이 열 가지만 잘 실천하고 살아도 기쁨과 행복이 넘치는 세상이 될 거예요.

프란치스코 교황 할아버지의 새해 결심 열 가지를 볼까요?

1. 험담하지 않기

2. 음식 남기지 않기

3. 다른 사람을 위해 시간 내기

4. 좀 더 검소하게 살기

5. 가난한 사람들을 가까이 하기

6. 남을 함부로 판단하지 않기

7. 생각이 다른 사람들과도 친구가 되기

8. 헌신하는 것을 두려워하지 않기

9. 기도하는 습관을 들이기

10. 기쁜 마음으로 살기

너무 평범해서 실망했나요? 엄청난 뭔가가 있을 거라고 생각했을 거예요. 이게 바로 교황 할아버지의 참모습이에요. 실천할 수 있는 것들만 계획하고 꼭 지키십니다.

이 중에서 1번과 2번은 여러분도 꼭 지켰으면 좋겠어요. 어렵지 않죠? 조금만 노력하면 실천할 수 있어요. 우리가 더 나은 생활을 하기 위해 꼭 필요한 계획입니다.

내가 누군가의 흉을 보면 그 사람은 얼마나 마음이 아프고 속이 상하겠어요? 그 행동은 그 사람의 마음을 때리는 것과 마찬가지예요.

좋은 말을 하려고 노력하면 차츰 좋은 사람으로 바뀌게 돼요. 그 사람이 하는 말이 그 사람의 전부라는 말이 있습니다. 말과 생각과 사람은 똑같다는 뜻입니다. 좋은 생각을 하는 사람은 좋은 말을 하고, 나쁜 생각을 하는 사람은 나쁜 말을 합니다.

그 사람이 하는 말에 자기도 모르게 속마음이 드러납니다. 생각과 마음이 말에 다 묻어난다는 뜻이에요. 화가 났을 때는 말도 화가 나서 튀어나가잖아요. 기분이 좋을 때는 자기도 모르게 기분 좋은 말을 하게 됩니다. 표정도 달라집니다. 좋은 말을 하려면 좋은 사람이 되어야겠지요.

10번인 '기쁜 마음으로 살기'에 대해서 생각해봤습니다. 왜 이 말씀을 맨 마지막에 넣었을까? 뭔가 깊은 뜻이 있을 것만 같았거든요.

행복하게 살라고 말한다는 건 그만큼 지금 행복하지 않다는 뜻이기도 해요. 우리 주변에는 힘든 사람이 많아요. 몸이 아파서, 슬픈 일을 당해서 불행한 사람들이 있어요. 또는 가족이 죽거나 돈이 없어서 고통 받는 사람도 적지 않아요.

행복하게 살자는 말은 어떤 어려움이 있어도 밝은 마음을 잃지 말자는 뜻이에요. 친구랑 싸웠거나 부모님께 꾸중을 들었어도 잠깐 걱정하고 얼른 잊어버려야 해요. 성적이 떨어졌어도 다음에 잘해야지 마음먹고 슬픔에 빠져 있지 말고요.

내가 행복한 얼굴을 하면 친구도 부모님도 이웃사람들도 함께 기분이 좋아져요. 우리가 사람들에게 줄 수 있는 가장 간단하고 쉬운 선물이 웃음이에요. 교황 할아버지도 우리를 바라볼 때 언제나 웃으시잖아요. 웃으면서 인사하는 것, 그것이 행복을 실천하는 첫걸음이라고 믿어요.

# 일하는 기쁨

교황 할아버지는 인간이 가치 있는 존재가 되는 것은 일을 하기 때문이라고 하셨습니다. 아무 일이나 말하는 것은 아니고 내가 잘하는 일, 하고 싶은 일을 열심히 할 때를 말합니다.

교회는 항상 인간에게 일하는 기쁨이 소중하다고 강조해왔습니다. 열심히 일하는 인간이 중심이 되어야 한다고요. 하지만 오늘날 잘 지켜지지 않고 있습니다. 인간이 인간으로서 대접받지 못하고 물건 취급을 당하고 있습니다.

서로 이기려고 싸우는 심각한 경쟁에서는 실패한 사람을 무시합니다. 모든 사람이 잘 살기 위한 경쟁이 아니라 모자란 사람을 짓밟기 위한 경쟁이 되고 맙니다.

인간을 단순히 능력으로만 판단해서는 안 됩니다. 사람이 일을 위해 존재하는 것이 아니라 사람을 위해 일이 존재하는 것이라고 교황 할아버지는 거듭 말씀하셨습니다.

교황 할아버지는 아버지에게서 노동하는 기쁨을 배웠습니다. 할아버지, 할머니는 아르헨티나로 이민 와서 온갖 일을 하면서도 늘 감사의 마음을 가지셨습니다.

교황 할아버지는 조부모님의 삶과 지혜를 통해 서로 도우며 함께 잘 살아야 한다는 연대감을 물려받았습니다. 부모님은 일의 중요성을 가르쳤습니다. 스스로 독립하고 남을 돕기 위해서는 부지런하게 일을 해야 한다고 말씀하셨습니다.

교황 할아버지가 중학생이었을 때 아버지의 권유로 화학공장에서 일한 적이 있었습니다. 그때 인간에게는 서로 다른 장단점이 있다는 것을 깨달았습니다. 한 사람이 잘하는 것을 다른 사람은 잘하지 못할 수 있고, 그 반대의 경우도 많았습니다.

일을 하면서 사람들이 얼마나 뿌듯하고 자랑스러워하는지도 알게 되었습니다. 노동의 중요성을 평생 가슴에 새기게 된 계기였습니다.

스물한 살이 되던 해, 폐부전으로 생사의 갈림길에 섰을 때 교황 할아버지는 병이라는 고난을 통해 새로운 생각을 갖게 되었습니다. 몸이 아프면 마음도 따라서 아프다는 것을 알게 되었습니다.

인생에서 가장 중요한 것과 그 다음 중요한 것을 판단하는 안목도 얻었습니다. 우리는 언제 죽을지 모르는 약하고 불완전한 인간입니다. 중요하다고 생각하는 것을 미루지 말고 당장 실천하면서 살아야 합니다.

교황 할아버지는 죽음에 이를 정도로 몸이 고통스러웠을 때 해주신 돌로레스 수녀님의 말씀에 큰 위안을 받았습니다. 예수님도 십자가에 못 박혔을 때 할아버지처럼 고통 받으셨다고 하셨습니다. 지금 이 고통은 예수님을 흉내 내는 것이니 영광으로 생각하라고요.

교황 할아버지는 돌로레스 수녀님과의 만남으로 하느님에 대한 믿음이 더욱 굳건해졌다고 고백하셨습니다. 그런 일들을 겪으면서 프란치스코 할아버지는 고통 받는 사람들을 이해하고 공감하는 것이 하느님이 자신에게 맡긴 일임을 깨닫게 된 것입니다.

# 어떤 경우에도 희망을 잃지 마세요!

교황 할아버지는 전쟁과 이념 갈등으로 몸살을 앓고 있는 전 세계 사람들에게 희망의 메시지를 전하셨습니다.

"희망은 우리 모두가 갖고 있는 것이며, 희망을 믿으면 반드시 행복이 찾아옵니다."

누구나 알고 있는 영원불멸의 진리를 다시 한 번 힘주어 이야기하셨습니다.

희망은 한 사람이 미래를 향해 닻을 던지는 것과 같습니다. 자신이 간절히 원하는 것에 도달하기 위해 밧줄을 타고 갈 수 있도록 해주는 닻입니다. 옳은 방향으로 가려고 노력하는 것을 의미합니다.

희망은 하느님의 말씀과도 통합니다. 우리가 희망을 가질 때 하느님께서 함께 해주시니까요. 아무리 힘들어도 희망을 포기하지 않고 끝까지 열심히 사는 사람이 되라고 말씀하셨습니다. 교황 할아버지도 그렇게 실천하면서 사신 분입니다.

"먼저 사랑하고, 먼저 용서하고, 먼저 감사해야 합니다."

남을 사랑하고 그 사람들과 함께 한다면 고통을 멀리 사라집니다. 희망을 손에서 놓지 않으면 행복이 가까이 다가올 것입니다.

하느님은 언제나 우리를 기다리십니다. 우리가 죄를 지었어도 우리가 찾아오기를 기다렸다가 용서해주십니다. 하느님은 성경에 나오는 편도나무의 꽃과 같은 분입니다. 봄에 편도나무 꽃은 제일 먼저 피어 다른 꽃이 피기를 기다립니다. 하느님은 먼저 손을 내밀고 기다리는 분이시니 용기를 내라고 말씀하십니다.

"절망과 낙담을 하지 마세요. 자신을 바닥에 팽개치지 마세요. 언제나 우리를 기다렸다가 따뜻하게 안아주시는 하느님이 계십니다."

예수님은 우리를 바라보고 계십니다. 교황 할아버지는 저녁 때 기도하다가 피로가 몰려오면 가끔 졸기도 한답니다. 그때 아무 말도 하지 않고 가만히 있어 봅니다. 예수님이 가까이 계신다는 것이 느껴집니다. 나에게 머무는 하느님의 손길을 느낄 수 있습니다.

하느님이 이끄는 대로 놓아두기만 하면 됩니다. 하느님의 말씀을 전하기만 하면 됩니다. 교황 할아버지가 어두운 밤바다를 헤매는 지구별 사람들을 위해 든든한 등대가 되어주실 겁니다. 사람들이 서로 가까이서 만나고 대화할 수 있어야 한다고 다음과 같은 선언을 하셨습니다.

"교회의 창을 활짝 열어젖혀 우리는 밖을 내다볼 수 있고, 사람들은 안을 들여다볼 수 있기를 원합니다."

하느님 앞에 모든 인간은 평등하다는 말씀도 자주 하셨습니다. 하느님의 형상을 띠고 있다는 이유 하나만으로도 모든 사람은 고유한 장점과 특성, 위대함을 갖고 있다고 믿으십니다.

# 젊은이들에게 보내는 충고

추기경의 옷 색깔은 동맥, 순교를 상징하는 핏빛 빨간색입니다. 교황 할아버지는 옷 색깔이 담고 있는 뜻에 따라 살게 해달라고 기도하십니다. 하느님께 생명을 바치고 복음을 널리 퍼뜨려 많은 사람이 하느님의 뜻에 따라 살도록 하겠다는 다짐입니다.

"우리는 자꾸 높아지려고만 애씁니다. 그리스도인이 된다는 것은 하느님의 사랑을 믿고 예수님처럼 한없이 아래로 내려가 낮은 곳에 있는 사람과 함께 한다는 뜻입니다."

가난하고 병에 걸린 사람을 위해 복지시설만 세운다고 하느님의 말씀을 실천하는 것은 아닙니다. 우리가 그들 가까이 다가가 말을 걸고 곁에 있어 주는 것이 사랑의 실천입니다.

교황 할아버지는 젊은이들에게 마음속의 믿음을 행동으로 옮기라고 권하셨습니다. 건강하고 힘센 젊은이들이 세상을 위해 많은 일을 해야 한다며 세 가지를 꼭 실천하라고 부탁하셨습니다.

"가라, 두려워하지 마라, 그리고 봉사하라!"

첫째로 가라고 말씀하신 것은 망설이지 말고 생각을 즉시 행동으로 옮기라는 뜻입니다. 우리는 보통 좋은 생각을 하고도 용기가 부족해서 당장 실천하지 못할 때가 있습니다. 이 말씀은 용기를 가지라는 격려의 말씀입니다.

둘째로 두려워하지 말라고 하신 것도 우리에게 힘을 내라고 당부하신 것입니다. 마음을 정하고도 실천을 못하는 이유는 실패를 두려워하기 때문입니다. 실패를 두려워하지 말고, 고통을 겁내지 말고 앞으로 나아가라는 말씀입니다.

셋째로 봉사하라고 하신 말씀의 뜻은 우리 자신만을 위하는 생각에서 벗어나라는 뜻입니다. 남을 생각하고 남을 위해 자신의 능력을 발휘하라는 말씀입니다. 그 말씀을 실천하는 것은 이 세상에 참된 마음이 있다는 것을 알리는 일입니다.

"희망이 없는 젊은이는 청년이 아니라 이미 노인이 된 것입니다. 희망은 젊음의 일부입니다."

희망을 가져야 꿈을 꾸고 미래에 대한 계획을 세울 수 있잖아요. 젊은 이들은 앞으로 살아야할 시간이 많으니까 희망을 품고 더욱더 온 힘을 다해 배우고 일해야 한다는 말씀입니다.

넓은 세상에 나아가 매일 새로운 것을 배우고 그것을 실천하라고 하셨습니다. 우리 모두 세상에 희망의 등불을 하나씩 밝혀야 한다는 교황 할아버지의 말씀을 잊지 말고 꼭 기억하세요.

# 독서와 산책을 좋아하는
## 교황 할아버지

텔레비전에 나오는 교황 할아버지는 언제나 사람들에 둘러싸여 있습니다. 교회에 계시거나 사람들을 만날 때의 모습만 보아왔습니다.

혼자 계실 때 교황 할아버지는 무엇을 하면서 시간을 보낼지 궁금합니다. 우리와 비슷할까요? 아니면 아주 다른 생활을 하실까요?

제일 먼저 음식은 무엇을 드시는지 볼까요. 평소 검소한 생활을 강조하시는 분답게 식탁도 진수성찬으로 차리지 않는답니다. 점심식사는 간단하게 조금만 차려서 편안한 마음으로 드십니다. 저녁은 더 간단히 차와 사과를 드신답니다. 과식을 하면 머리가 맑지 않고 점점 더 음식에 대한 욕심이 생기기 때문에 소박한 식사를 하신다고 합니다.

휴식 시간에는 음악을 들으십니다. 탱고의 고장인 부에노스아이레스에서 태어났기 때문에 어릴 때부터 음악 속에서 자라셨습니다. 음악과 춤을 좋아하셨다는 얘기를 했었죠? 지금도 여전히 음악을 좋아해서 고전음악과 오페라를 들으십니다.

좋아하는 것이 또 하나 있는데 바로 산책입니다. 교황 할아버지는 오래 오래 생각에 잠겨서 걷습니다. 그 모습이 머릿속으로 그림처럼 그려지지요. 느린 걸음으로 생각을 가다듬으면서 마당과 산책길을 걷는 교황 할아버지가 말이에요.

길가의 꽃에게도 인사를 합니다. 멀리서 짹짹짹, 알은체를 하는 새에게도 손을 흔들어줄 것 같지 않나요? 땅바닥을 기어 다니는 벌레조차 밟지 않으려고 조심조심 걷습니다. 산책은 몸과 마음을 편안하게 하고 건강하게 해주는 운동입니다. 생각을 깊게 하고 마음을 다스리는 명상의 시간이기도 합니다.

평소에 많은 사람을 만나고 많은 이야기를 듣는 것이 교황 할아버지의 일입니다. 바빠서 할아버지 자신의 가슴 속에서 들려오는 말에 귀 기울일 시간이 별로 없었습니다. 산책은 자신의 마음을 만나는 시간이기도 합니다.

산책을 하지 않을 때는 책을 읽습니다. 어릴 때부터 책을 좋아해서 문학작품을 즐겨 읽으셨습니다. 주로 소설을 많이 읽으셨는데 아르헨티나의 소설가 보르헤스의 작품을 특히 좋아했습니다. 러시아의 유명한 작가인 도스토예프스키의 소설도 좋아합니다.

사람들이 왜 책을 읽을까요? 여러 이유가 있지만 가장 큰 이유는 다른 사람을 만나기 위해서입니다. 가까이 있는 사람만이 아니고 멀리 있는 사람도 책에서는 바로 만날 수 있습니다. 책을 읽는 시간은 또 다른 사람과의 만남이면서 대화의 시간입니다. 독서를 통해서 책 속에 나오는 사람들의 얘기를 나 혼자 듣는 거니까요.

교황 할아버지가 언제나 강조하는 것이 나와 생각이 다른 사람의 말에도 귀 기울이라는 것입니다. 우리는 나와 다른 의견을 무시해버릴 때가 많잖아요. 할아버지는 네 말이 틀렸다고, 관심 없다고 말하지 말고 거기에서 배우라고 말씀하셨습니다. 왜 그 사람은 그렇게 생각할까, 고민하다 보면 새로운 생각이 떠오를 테니까요.

교황 할아버지가 즉위한 뒤 첫 외부 방문지로 지중해의 작은 섬 람페두사를 선택했습니다. 이탈리아 가장 남쪽에 있는 람페두사는 북아프리카 튀니지와 가까운 곳입니다. 매년 수만 명의 아프리카인이 유럽으로 이주하기 위해 목숨을 걸고 항해에 나서는 곳입니다.

교황 할아버지는 이곳 람페두사에 와서 바다를 찾아갔습니다. 바다를 바라보며 물 위에 꽃을 바쳤습니다. 바닷길을 건너다 목숨을 잃은 사람들의 영혼을 달래주기 위해 해변에서 미사를 집전하셨습니다.

“누가 이들을 위해 울어줄 것인가.”

교황 할아버지가 느낀 슬픔은 선의를 가진 전 세계 사람들의 마음을 움직였습니다. 교황이 다녀가고 나서 석 달도 되기 전에 또 하나의 비극이 발생했습니다. 소말리아인을 가득 태우고 항해하던 밀항선이 람페두사 앞바다에서 침몰했습니다. 그 사고로 수백 명이 죽거나 실종되었습니다.

교황 할아버지는 그 사건을 슬퍼하시며 트위터에 글을 남겨 사람들에게 호소했습니다.

"지구촌의 경제 위기가 사람들을 불행에 빠뜨렸습니다. 인간의 생명을 가볍게 생각하는 풍토가 낳은 부끄러운 비극입니다. 람페두사 희생자들을 위해 모두 기도합시다."

프란치스코 교황 할아버지는 가톨릭 교리와 관련한 문제에 있어서도 넓게 생각하십니다. 남들에게서 버림받고 외롭게 사는 사람이라면 그 사람이 누구든 교회는 손을 내밀어야 한다고 하셨습니다.

교황 할아버지는 취임 후 인터뷰에서 동성애자와 이혼자, 낙태 여성에 대해서도 교회가 자비를 베풀어야 한다고 강조하셨습니다.

"우리는 새로운 균형을 찾아야 합니다. 그렇지 않으면 교회의 도덕체계가 카드로 만든 탑처럼 무너질 수 있습니다."

어떤 사람들은 교황 할아버지와 생각이 달라서 반대의견을 표현하기도 했습니다. 할아버지는 소외되거나 배척받는 사람들에 대해 배려와 사랑을 베풀 수 있는 곳은 교회밖에 없다고 말씀하셨습니다.

“동성애자들이 선한 뜻으로 신을 따른다면, 내가 어떻게 그들의 죄를 탓할 수 있습니까?”

누구든지 하느님의 말씀을 따르고 하느님 곁으로 온다면 그 사람은 구원받아야 합니다. 하느님은 차별 없이 모든 사람을 사랑하고 용서하십니다. 아무 걱정 없이 누구든지 교회에 올 수 있어야 합니다.

교황 할아버지의 너그러운 마음과 따뜻한 사랑은 사람들에게 널리 퍼져나갔습니다. 인기는 날로 높아갔고 할아버지를 떠받드는 사람도 많아졌습니다. 할아버지는 최근 인터뷰에서 그 점을 말씀하셨습니다.

“나는 슈퍼맨도 아니고 스타도 아닙니다. 여러분과 똑같은 평범한 사람일 뿐입니다.”

누구나 할아버지처럼 생각하고 행동할 수 있다는 말입니다. 할아버지 덕분에 가톨릭에 대한 사람들의 생각이 달라졌습니다. 우리를 지켜주고 도와주는 교회를 가깝게 생각하기 시작했습니다. 엄숙하고 위엄 있는 분이라고 생각했던 교황 할아버지가 그렇게 소탈한 모습을 보여주셨기 때문입니다.

# 교황 할아버지는 이런 점이 달라요!

벌써 눈치 챘겠지만 교황 할아버지는 보통사람과 많은 점이 다릅니다. 다른 사람들이 하는 대로 따라하지 않고 할아버지의 생각대로 행동하니까요. 특이한 점 몇 가지를 말해볼까요?

첫째로, 버스 타고 다니는 것을 좋아하십니다. 보통사람이라면 멋지고 편안한 자동차를 좋아하겠지요? 할아버지는 온갖 사람들이 모여 있는 버스나 지하철을 타고 다녀요. 덜컹거리는 버스 문이 열리고 사람이 타면 눈을 마주치고 웃어줍니다. 사람들은 기대합니다.

"혹시 오늘 내가 탄 버스에 교황님이 타고 계신 건 아닐까?"

일하러 가기 바쁘던 사람들에게 아침부터 즐거운 기대를 선물하신 거예요.

둘째로 특이한 점은 폐 하나로 오십 년 이상을 살아왔다는 거예요. 원래 폐는 두 개인데 젊은 시절에 폐에 병이 생겨서 한쪽 폐를 제거했어요. 그래도 언제나 환한 얼굴로 건강한 웃음을 보여주십니다.

셋째는 이탈리아 이민자인 철도청 직원의 아들이었다는 사실입니다. 교황 할아버지는 지금 저렇게 훌륭한 분이 되셨지만 어릴 때는 무척 가난했어요. 이탈리아 사람이 아르헨티나에 와서 살려니까 처음에는 힘든 일이 많았겠지요. 그런데도 나보다 남을 먼저 생각하는 사람이었다니 놀라워요.

넷째로 놀라운 건 교황 할아버지는 다른 신부님들과 달리 신학을 전공하지 않았어요. 화학자가 되기 위한 교육을 받으신 분이에요. 전공과 상관없이 자기가 정말 원하는 길이 무엇인지 깨닫고 과감하게 그 길을 선택하셨어요.

특이한 점은 그밖에도 많아요. 아르헨티나는 스페인어를 사용하는 나라니까 당연히 스페인어는 잘하시겠죠. 그런데 독일어도 잘하시고 부모님의 언어인 이탈리어도 유창하게 하십니다. 아마 여러 나라 사람들과 친구가 되기 위해서 다른 나라의 말도 배우셨을 거예요.

# 교황 할아버지,
# 올해의 베스트 드레서로 뽑히다

베스트 드레서가 뭔지 아나요? 베스트는 최고라는 뜻이고, 드레서는 옷을 입는 사람을 말해요. 그러니까 옷을 최고로 잘 입는 사람이 베스트 드레서예요.

놀랍게도 교황 할아버지가 베스트 드레서로 뽑혔어요. 매일 똑같은 옷만 입는 것 같은데 베스트 드레서라니, 놀랍지 않아요?

미국에 〈에스콰이어〉라는 남성 패션 잡지가 있어요. 이 잡지는 해마다 베스트 드레서를 뽑아요. 유명한 연예인들은 혹시나 자기가 뽑힐까 관심을 갖고 기다립니다.

이번에는 예전과는 다른 예상 밖의 인물이 뽑혔어요. 바로 프란치스코 교황 할아버지예요. 왜 교황 할아버지를 올해의 베스트 드레서로 선정했을까요.

에스콰이어 잡지는 여태와는 다른 특별한 선택이라고 밝혔어요. 프란치스코 교황 할아버지에게 패션계 영예의 상인 베스트 드레서 상을 주기로 한 이유를 다음과 같이 말했어요.

2013년 3월 교황에 즉위한 이후 프란치스코 교황은 옷을 잘 입는 세계적 지도자들처럼 신발을 아주 잘 선택했다고 수상 이유를 설명했습니다.

에스콰이어는 프란치스코 교황이 전임자가 즐겨 신던 반짝이는 빨간색 구두를 거부하고 검은색 구두를 신었다는 사실에 주목했습니다. 게다가 아무 장식도 하지 않은 단순한 종교 예복을 선택한 것은 자신의 진보적인 신앙을 밖으로 표출하는 것이라고 했습니다.

그 신발은 보통 신발이 아닙니다. 마음속으로 언젠가는 추기경님의 친절에 보답하고 싶다는 생각을 가진 아르헨티나 친구들이 선물한 신발입니다. 위엄 있는 바티칸과 시스틴 성당으로 들어갈 때 신을 새로운 신발이니 받으라고 했어요. 프란치스코 할아버지는 교황으로 선출되는 날뿐만 아니라 그 후로도 죽 그 신발을 신고 다녔어요.

로마로 떠나기 전 너덜너덜한 신발을 보고 친구들이 새 신발을 신으라고 권했습니다. 교황 할아버지는 친구들의 마음이 고마워서 교황이 신는 빨간 신발을 신지 않고 친구들이 사준 검은 신발을 계속 신고 있었어요. 어쩌면 그 마음 때문에 상을 받은 건지도 몰라요.

에스콰이어는 또 과거처럼 호화로운 보석과 모피로 된 망토 대신 검소한 옷을 선택한 것도 훌륭한 점이라고 평가했습니다. 자신의 직분을 다하면서 앞으로 이룩하고 싶은 꿈을 사람들에게 전달하는 것이라고 해석했습니다.

옷차림이 단순히 겉모습만 강조한 것이 아니라 옷을 입은 사람의 생각까지 표현해주었으니 베스트 드레서로 뽑히는 게 마땅하다는 뜻입니다.

# 타임지 '올해의 인물'

　2013년 미국의 주간지 〈타임〉이 올해의 인물로 교황 프란치스코를 선정했어요. 사회의 가장 낮은 곳, 고통 받는 사람들을 위로해주신 분이었기 때문입니다. 또 사랑을 베푸는 교회를 만들었기 때문이라고 뽑은 이유를 밝혔어요.

　프란치스코 할아버지는 '가난 사람들의 아버지'로 불릴 정도로 언제나 약한 사람들 편을 들어주셨거든요. 교회는 약자를 위해 일해야 한다고 언제나 강조하셨습니다. 사람들한테 믿음을 주지 못한 교회는 다시 태어나 예수님 말씀대로 실천하는 교회가 되어야 한다고 늘 말씀하셨습니다.

<타임>은 미국에서뿐만 아니라 세계적으로도 유명한 주간마다 발행하는 잡지입니다. 교황 할아버지의 얼굴이 그 잡지의 표지에 실린 건 참 놀라운 일이에요. 예전에는 돈 많은 사람, 유명한 연예인, 정치가 같은 사람들의 자리였거든요. 그 사실은 우리에게 또 다른 희망을 보여주었습니다. 누구나 진실하고 정직하게 열심히 살면 언젠가는 많은 사람들이 알아본다는 뜻이잖아요. 또 하나의 놀라운 소식이 있습니다. 프란치스코 교황 할아버지가 교황으로서는 처음으로 미국의 유명한 대중음악 잡지 '롤링스톤'의 표지를 장식했습니다.

롤링스톤은 교황 할아버지가 미소를 머금고 손을 흔드는 사진을 표지에 실었어요. 거기에는 인기가수나 영화배우의 사진이 실리거든요. 이쯤 되면 교황 할아버지가 얼마나 인기가 많은지 짐작이 되죠?

교황 할아버지는 그냥 유명해서 인기를 끄는 것이 아니라 마음 깊은 곳의 사랑을 받으신 분입니다. 우리는 이제 알게 되었습니다. 우리는 누구나 사랑받고 싶어 합니다. 하지만 동시에 우리는 누군가를 사랑하고 싶어 합니다.

교황 할아버지를 만나고 나서 우리가 믿고 사랑할 사람을 오랫동안 기다려왔다는 것을 깨닫게 되었습니다. 그래서 텔레비전에서 할아버지의 웃는 얼굴을 보면 우리도 따라서 웃는 것입니다. 우리는 교황 할아버지를 사랑하면서 더 행복해졌습니다.

# 한국은 일반 신도 스스로
# 천주교를 받아들인 나라

교황 할아버지의 한국 사랑은 잘 알려져 있습니다. 우리나라의 통일을 기원하는 마음이 커서 여러 번 기도를 해주셨습니다. 우리나라가 특별히 관심을 받는 데는 이유가 있습니다.

우리나라의 천주교 역사는 다른 나라와는 상당한 차이가 있어서입니다. 보통은 선교사가 천주교를 다른 나라에 전해주거든요. 우리나라는 스스로 천주교를 받아들인 역사를 갖고 있습니다.

성직자가 아닌 일반사람들이 중국에서 책을 들여와서 서로 돌려보며 자발적으로 신자가 되었습니다. 그때는 나라에서 천주교를 금지해서 몰래 믿는 사람한테 벌을 내렸는데도 꿋꿋하게 예수님의 말씀을 전했답니다. 그 때문에 많은 사람이 목숨을 잃기도 했어요.

프란치스코 할아버지가 첫 방문자는 아닙니다. 예전에 요한 바오로 2세 교황 할아버지께서 오셨을 때도 우리나라 천주교 역사의 현장을 돌아보셨습니다.

요한 바오로 2세 할아버지는 목숨을 바쳐 천주교를 믿은 사람들의 자취가 남아 있는 천주교 성지를 찾아가셨습니다. 이 땅에 예수님의 사랑을 전하려다 먼저 가신 분들을 위해 기도해주셨습니다. 성인이신 김대건 안드레아 사제가 돌아가신 지 30주년이 되는 해이기도 했거든요.

이번에 프란치스코 할아버지가 오시면 우리나라에 평화가 찾아오기를 기원해주실 거예요. 북한과 남한의 화해를 위해서도 기도해주실 겁니다.

프란치스코 할아버지는 즉위하자마자 부활절에 한국을 위한 축복의 기도를 하셨습니다. 3월 31일 바티칸의 성 베드로 광장에서 많은 사람이 모인 자리에서 말씀하셨습니다. 로마와 온 세계에 축복을, 특히 한반도의 평화를 빈다고 기원하셨습니다.

한국에서 평화가 회복되고 새로운 화해의 정신이 자라나기를 빌어주셨어요. 전 세계 사람들이 그 말씀을 듣고 우리나라의 분단 상황을 새롭게 알게 되었어요.

우리나라는 아시아에서 다섯 번째로 천주교 신자가 많대요. 우리보다 신자가 많은 나라는 필리핀, 인도, 인도네시아, 베트남이에요. 모두

이 나라를 지배하려고 온 강대국을 통해 천주교 문화를 받아들였어요. 우리나라는 '스스로 신앙을 받아들인' 세계 교회 역사상 유일한 나라라고 해요.

조선시대 후기 정조 임금 때는 우리나라의 학문과 문화가 최고로 발전한 전성기였습니다. 새로운 생각과 진리에 목마른 선비들은 중국에 공부하러 많이 갔었어요. 중국에서 예수회 선교사 마태오 리치의 〈천주실의〉를 접하고 감동을 받았어요. 그때부터 스스로 성경의 교리를 연구하기 시작한 것입니다.

우리나라로 돌아온 뒤 선비들을 비롯한 일반 신도들의 힘으로 교회 공동체를 열었습니다. 십년 뒤에는 신부님들이 신도들을 만나기 위해 우리나라에 찾아오셨습니다. 한국 교회는 순전히 신도들과 선교사들의 아낌없는 희생으로 이만큼 성장한 거예요.

교황 할아버지가 오시는 까닭은 대전교구에서 치러지는' 제6회 아시아 청년대회'를 격려하시기 위해서예요. 아시아 젊은이들과 만남의 시간을 갖고 미사도 드릴 거예요. 아시아 대륙의 신자들을 폭넓게 만나 함께 기도하고 영혼의 소리를 듣는 자리를 만들 예정입니다.

# 왜 꽃동네를 방문할까요?

　교황 할아버지가 방문하실 곳이 또 있습니다. 심한 장애를 겪는 사람들이 사는 공동체 마을인 꽃동네입니다. 청주 교구에서 운영하는 장애인, 행려인 공동체인 '꽃동네'를 찾아가 그곳 사람들을 만난답니다. 특별히 장애아동을 축복해주신다고 합니다.

　그곳에 계신 분들은 우리나라에서 가장 살기 어려운 분들이기도 해요. 몸이 불편한 장애인과 집과 가족이 없는 행려인들이 모여 살거든요. 교황 할아버지가 그런 분들을 만나는 건 당연한 일이기도 합니다. 할아버지는 가난하고 약한 사람의 친구니까요.

　지난해 브라질을 방문했을 때도 수도인 리우데자네이루 근처의 빈민

촌을 찾아가셨습니다. 항상 가난하고 외로운 이웃을 가장 먼저 방문하십니다.

꽃동네는 청주 교구가 운영하고 있어요. 그 일을 맡으신 분은 오웅진 신부님이십니다. 오웅진 신부님은 바티칸 궁으로 교황 할아버지를 찾아갔습니다. 아르헨티나에도 꽃동네를 만들고 싶다는 말씀을 하시기 위해서였습니다. 그 일은 이루어지지 않았지만 교황 할아버지는 그 대신 우리나라의 꽃동네를 찾아오시게 되었습니다.

오웅진 신부님은 꽃동네의 표어가 새겨진 도자기를 교황님께 선물했어요. 꽃동네의 표어가 뭔지 아세요?

'얻어먹을 수 있는 힘만 있어도 그것은 주님의 은총입니다.'

어떤 상황에서도 감사의 마음을 가지라는 말씀이지요. 꽃동네에서 생활하는 전신마비 환자가 입으로 그린 교황의 초상화, 묵주도 선물했습니다. 오웅진 신부님은 이어서 교황이 한국과 꽃동네를 방문해달라고 요청했어요. 교황 할아버지는 긍정적인 대답을 하셨어요.

"그렇게 할 수 있도록 노력하겠습니다. 한국은 사제 없이 평신도들이 열정을 갖고 교회를 이룬 나라이기 때문에 특별히 사랑합니다."

교황 할아버지는 이 말씀을 곧 실행에 옮기셨어요. 언제나 진실만을 말하고 한번 한 약속은 꼭 지키는 교황 할아버지시잖아요. 한국에 오신다면 가장 낮은 곳에 속하는 꽃동네를 방문하는 것은 당연한 일입니다.

“가난한 이를 위한 가난한 교회가 얼마나 좋습니까?”

교황 할아버지가 기자들에게 물었습니다. 그리고 스스로 이런 답을 내놓으셨어요.

“가난한 사람을 잊어도 그만이라고 믿는 교회 공동체가 있다면 금방 무너져버리고 말 겁니다.”

세상에는 가난한 사람이 훨씬 많아요. 그 사람들이 교회를 찾지 않으

면 교회도 사라지게 된다는 말씀입니다. 주머니가 가벼워도 마음이 사랑으로 가득하면 행복한 사람이라는 것을 가르쳐주셨습니다.

꽃동네에 사는 분들과 그분들에게 도움을 주는 성직자들 모두를 축복해주시기 위해 오시는 것입니다. 아마도 우리가 교황 할아버지의 마음과 행동을 따라하시길 바라지 않을까요? 교황 할아버지의 다짐을 우리도 실천하려고 노력했으면 좋겠습니다.

"세상 사람들과 더불어 함께 살고 싶습니다."

# 프란치스코 할아버지는
# 내 친구

초판 1쇄 인쇄　2014년 06월 15일
초판 1쇄 발행　2014년 06월 25일

**지은이**　　최옥정

**펴낸이**　　김왕기
**편집부**　　원선화, 김한솔
**마케팅**　　임성구
**디자인**　　푸른영토 디자인실

**펴낸곳**　　**푸른영토주니어**
　　　　　　주소　　　경기도 고양시 일산동구 장항동 865 코오롱레이크폴리스1차 A동 908호
　　　　　　전화　　　(대표)031-925-2327　　　팩스 | 031-925-2328
　　　　　　등록번호　제396-2013-000069호
　　　　　　전자우편　designkwk@me.com

ISBN 979-11-950219-4-9　　13810